風之電話亭

這是一本虛構小說。
人物和情節皆為作者杜撰，以增添敘事真實感。
如有任何人、事、物雷同，無論在世或已逝，純屬巧合。

獻給亮介、創扶介和艾米里歐，
以及未來常伴你們左右的那些聲音。

目錄

譯者推薦序：暫停後出發

倪安宇（知名義大利文譯者）

面對歷時或長或短的人爲災難，可以透過事後理性分析、內省檢討，試著找出事情緣由，以及未來如何避免重蹈覆轍的答案。例如，戰爭。

自然災難不同，讓人瞬間失去所愛，卻連質問的對象都沒有。例如，日本三一一大地震，和隨之而來的海嘯。

義大利民族性使然，遭逢巨大傷痛和缺憾，會傾向用連綿不休的自語或交談宣洩情緒，或以肢體語言，如擁抱、親吻，換得慰藉。但是在日本，把說不出來、也未必能說的跌宕情緒留在自己的小世界裡，跟人保持距離，保持沉默，恐怕才是「正確」做法。

想在這兩種極端中間搭起橋樑，需要的不是勇氣，而是理解。

定居日本多年的勞烏拉．伊麥．梅希納用義大利人豐沛的感性，慢慢地把極端之間的距離拉近，同時填補了快樂被掏空後留下的黑洞，以及沉默。她用素樸文字表達內斂的情感，用留白讓想像蔓延，用緩慢節奏呼應故事男女主角旅途中經過的海岸風光，兩人從陌生到熟稔需要的時間，還有療癒無法假手他人、只能靠自己願意放下的進程。

傷痛癒合成功之前的人生彷彿暫停，而一個眞實存在的電話亭，成爲所有人事物在這段暫停期間的交集。在梅希納筆下，慶太拿起電話聽筒，對逝者侃侃而談，再自然不過；毅略帶躊躇走進電話亭，生澀摸索；佑伊雖然知道「跟已經不在人世間的人說說話，其實沒有什麼壞處。只要你能接受雙手觸摸不到對方，雖然努力回憶但還是有很多缺口需要塡補，感情的喜悅不來自於獲得，只在於給予」，但她平時只肯坐在花園裡看著電話亭，直到颱風來襲，她一個人奮不顧身在泥濘中用帆布、繩索試圖保護電話亭，以行動證明自己已經走出曾經被禁錮的心靈，迎向新的開始，而那些沒有說出口的呼喚和思念早已在風中傳送出去。

表面上看起來，日子一切如常，只有自己才知道心中的那個黑洞是否依舊。當你重新開始有所期待，期待在某個時間跟某個人一起去某個地方，期待開口訴說或看著別人開口訴說，快樂才會回來。風之電話亭正是誘發所有期待的主角。

在現今這個被迫切斷人際互動、看不清未來、恐懼隨行的特殊時期，這樣一本小說（提前）告訴我們接下來的日子會是如何。我們可能感懷，可能焦慮，可能擁抱傷痛和脆弱，不知如何是好。我們能夠改變的事或許有限，唯有啓動心靈，「決心往前走，看看再往前面一點會發生什麼事」，才有可能在混沌中發現新的生機。

故事說明

故事靈感來自發生在日本東北部岩手縣某處的眞實事件。

有一天，一個男人在座落於鯨山山腳下的自家庭院裡搭建了一個電話亭，那裡緊鄰大槌町，是二〇一一年三月十一日海嘯來襲受創最嚴重的地方之一。

電話亭內放了一具黑色的老式電話，沒有接線，只傳來各種風中的聲音。

每年前來朝聖的人數以千計。

超越所有形式，從此生到彼生。
一場音樂會，唯有樂隊不同。
但音樂不歇，永存。

——瑪麗亞安潔拉・瓜爾提耶利（Mariangela Gualtieri）

北風吹來！
南風吹來！
吹向我的花園，
使它的清香四溢。
願我的良人進入自己的花園，
品嚐其中佳果。

——〈雅歌〉（4, 8-5, 1）「新郎稱美新婦」

是以，獻上愛意莫匆匆。

——《古事記》❶

❶ 譯注：《古事記》（Kojiki）是西元八世紀初，奈良時期元明天皇為強化帝國的正當性，命文官太安萬侶編纂的日本古代史。從日本的神話起源開始，一直描述到第三十三代天皇的事蹟為止，是日本最早以敘事體撰寫的編年史籍。

序言

一陣疾風將鯨山花園斜坡上的植物吹彎了腰。

女子出於本能抬高手肘擋在面前，弓著身子保護自己。

拂曉時分，她看天色漸亮，但太陽並未出現。她從車上搬了幾個大袋子下來，裡面有五十公尺長、捆成筒狀的塑膠帆布，最厚的那種，還有一堆絕緣膠帶、十盒羊眼抓地釘，以及一把女性專用的握柄榔頭。她在康納五金大賣場購物的時候，一名店員請她伸出手來給他看，好確認握柄的尺寸，把她嚇了一跳。

她快步朝電話亭走去，在她眼中這個電話亭不堪一擊，彷彿是用棉花糖和糖霜做的，而且已經被不知道多少根手指頭捏過。陣陣強風預告暴風雨即將來襲，沒有時間了。

在大槌町這座山丘上不間斷工作兩個小時的，除了忙著用帆布將電話亭、長椅、入口告示牌和小徑入口拱門包裹起來的她，還有風。風持續往她身上拍打，不曾有片刻停歇。

有時候，她會不自覺用手臂環抱自己蹲下來，像這些年每次情緒失控的時候那樣，但是隨後她會重新站起來，挺直腰桿，不向已經完全遮蔽山丘上空的烏雲輕易低頭。

直到她覺得嘴巴裡嚐到了海水的滋味，彷彿海風從山下吹上來翻轉整個世界的時候，她才停下來，筋疲力竭坐在被她包成蠶蛹的長椅上，鞋底滿是泥濘。

如果世界塌下來，她對自己說，她會跟著一起墜落。但是只要還有一絲機會撐住世界，即便歪七扭八，她也要窮盡自己最後的力氣撐住它。

山腳下的城市依然沉睡，寥寥幾盞燈亮起讓窗戶有了顏色，但是颱風將至，大多數人家都緊閉門窗，鐵捲門上還抵了幾枝木棍做加強。有人在門外堆了沙包，避免狂風把門掀開吹進室內。而佑伊無視近乎從天空直接落在她鞋子上的傾盆大雨，逕自檢視自己的工作成果：她用帆布和膠帶纏繞固定了電話亭、木頭長椅、小徑的單行木頭棧道、入口拱門，和寫著「風之電話亭」的牌子。

一切都泡在雨水和泥濘中。若有東西被颱風吹下來或颳走，她會堅守崗位讓物品歸回原位。

眞正脆弱的其實不是那些東西，而是血肉之軀。實物可以修復和替換，身體無法。身體其實比靈魂堅韌，因爲靈魂一旦斷裂就萬劫不復，但是身體到底不能跟木頭、鉛或鐵相提並論，不容試探。但是她完全不覺得自己身處險境。

「已經九月了。」佑伊望著東方黑壓壓的天空喃喃自語。九月是長月，自古九月這個字的意思就是指晝短夜長的月分。不過她每個月都會重複說這句話，把每個月都當成十一月和十二月。已經四月了，她這麼說，然後輪到五月，以此類推。她一天天數著日子，從二〇一一年三月十一日那天開始。

每個星期都是煎熬，每個月不過是時間堆疊到頂了，等待不知道會不會出現的未來。

佑伊有一頭長髮，烏黑長髮的尾端卻是金色的，彷彿從髮尾開始往頭頂逆向生長。自從她的母親和女兒被巨浪捲走之後，她就沒再染過頭髮，每次只修剪一點，讓頭髮長成如今這般，彷彿一環緩緩下降的光暈。她的髮色，先前的黃和原生的黑之間的落差，記錄了她服喪的時間。彷彿那個事件的日程表。

她能夠撐過來，多虧了那個花園、那個白色摺疊門電話亭，還有層板上電話簿旁的那具黑色電話。她隨意撥出一個電話號碼，耳朵貼著聽筒，對著裡面說話。有時候她會哭，有時候她會笑，人生再悲傷也總有好笑之處。

佑伊感覺颶風幾乎對著她直撲而來。

在那一帶，颱風很常見，特別是夏季。把風景弄得一團糟，把屋頂掀開，屋瓦撒落一地跟播種一樣，每一次鯨山花園的管理員鈴木先生都小心翼翼守護著花園。

這一次氣象預告颱風威力很強，鈴木先生卻不在。很快地，就有傳言說他生病了，具體是什麼病不清楚，只知道他住院檢查。

如果他沒辦法守護這個地方，那麼誰能來做呢？

佑伊覺得颱風就像是瞪著兇狠眼睛的小朋友，準備把一桶水倒在另一個沒有準備、比較天真的小朋友築起的沙堡上。他躲在礁石後面，保持一段距離觀察人家，隨時準備出擊。

雲朵持續改變排列位置，空中的一切變幻莫測，轉眼間光似乎往西邊移動。每一分鐘天空都更往下沉一點，逼近她，像一隻手伸向丘陵的額頭，彷彿想試探那股發熱，是眞是假。

當風來勢洶洶呼嘯吹過花園，猶如眾生匍匐在地，低聲懇求，別傷害我。佑伊的長髮披散開來，張牙舞爪宛如蛇髮女妖梅杜莎，先分叉成好幾束，隨後又聚攏起來。只要看她的頭髮就知道風勢如何，詭異的風聲預告植物摧枯拉朽的命運，包括被視爲彼岸花和黃泉之花的血紅色石蒜，花期結束後只剩下灌木的繡球花，還有會開出白色小花、綠色果實形似鈴鐺，常被小孩拿來玩耍的風船葛。

她快要站不住了，感覺要是再不彎下身就無法自保。她有時候趴在地面匍匐前進，有時候整個人被風推著走。現在她站在小徑最後一片棧道上邁開步伐，重新檢查用來固定電話亭外帆布的掛鉤，然後在風中劃著雙臂往前進，跟游泳一樣。

有一片棧道吱咯作響，讓佑伊想起女兒說，住家附近排水溝渠上那一塊塊石板是餅乾。

她笑了。重拾那段記憶，她很感恩。

小時候，快樂來自於實物。籃子裡的小火車，包覆蛋糕的那層透明包裝膜，或是站在照片正中央，大家的眼睛都盯著你看。

長大之後事情就複雜了。快樂來自成就、工作、某個男人或女人，很朦朧，也很費勁。不管快樂，或是不快樂，都變成一句空話。

佑伊心想，可是童年經驗不是這樣的，只要手往正確方向伸去，就能得到快樂。在混沌昏黃的天空下，一名三十歲左右的女子無視一切，挺直腰桿站著。她在思索快樂有什麼用，內心感到十分迷惘，就像她從小不管是看書，或聽故事，總覺得別人的快樂都比自己的快樂更美好，無一例外。她問自己是不是因爲這個緣故，所以選擇在廣播電臺工作。她對別人的人生，對別人的故事，無比著迷。

這些年，對佑伊而言，快樂來自於那個沉甸甸的黑色電話機，從一到零的撥號轉盤，聽筒壓在耳朵上，眼睛望向花園，望向日本東北部遙遠的丘陵。從眼前這個V字地形缺口望出去還能看見海，她嗅到陣陣鹹味。在那裡，佑伊幻想著自己對停留在三歲的女兒和母親說話，母親始終緊緊抱著稚嫩的她不曾放手。

當快樂變成一樣實物，可能危及它的一切都是敵人。不管是觸摸不到的風，或是傾盆而降的雨。

即便付出卑微的生命作爲代價，佑伊也絕不會讓那具電話和她可以託付聲音的那個地方，受到任何傷害。

第一部

1

她第一次聽人說起那個地方，是在廣播節目裡。

一名聽眾在節目尾聲打電話進來，訴說自己做了某件事才得以在妻子過世後不再哀痛欲絕。

在決定那一集節目主題時，他們討論了很久。大家都知道她家的事，知道她心裡有一個深不可測的空缺。但是佑伊很堅持，不管會聽到什麼，她都準備好了。正因為她經歷過椎心之痛，再也沒有任何傷痛能擊倒她。

「在至親喪禮結束後，做什麼事能讓你覺得入眠和醒來不那麼困難？當你覺得內心飽受煎熬的時候，怎樣做才能讓自己好過一些？」

結果這一集節目比他們設想得輕鬆許多。

青森市的一名女子說，她沮喪的時候就下廚烹飪，她會做甜鹹兩種口味的蛋糕，做馬卡龍和杏仁糖，做炸肉丸或用糖和醬油調味的烤魚搭配水煮青菜當作便當主菜。她甚至買了一個獨立式冷凍櫃，以保存她心血來潮時做的冷凍食品。每年一到農曆三月初三的上巳節，她就會幫冷凍櫃除霜。以前這個節日的主角是家中女兒，現在則是女孩專屬。她看著那些擺在客廳裡的人形娃娃，按照皇室家族位階擺放在階梯式陳列架上，就迫不及待想要削皮、切塊、水煮。她說，烹飪讓她身心舒暢，有助於讓她重新與這個世界銜接。

愛知縣一名年輕女孩打電話進來說，她會去咖啡館摸貓、摸狗和摸雪貂，特別是雪貂。只要那些小動物的臉在她手上蹭來蹭去，她就能重新感受到生之喜悅。一位老先生爲了避免聲音傳到房間中的太太耳裡，小聲說他靠柏青哥解憂。一名上班族說，他跟未婚妻分手的時候如喪考妣，養成了喝熱巧克力配吃煎餅的習慣。

大家聽到東京一位家庭主婦打來的電話都笑了。她年約五十歲，在一次意外事故中失去了最好的朋友，於是她開始學法文，因爲不同的抑揚頓挫、喉音r和複雜的重音規則，讓她覺得自己變成另外一個人。「我毫無語言天分，永遠學不會法文，可是只要我說出有喉音的『日安』，就感覺非常好。」

最後一通電話來自岩手縣，那是二〇一一年海嘯災區之一。節目製作人意味深長地瞄了音控一眼，音控盯著主持人佑伊看了許久，然後低頭看著主控臺，直到那通電話結束。

這位聽眾跟佑伊一樣，他在海嘯中失去了妻子。當時他的房子被海水沖毀，妻子隨著斷瓦殘垣一起被捲走，歸類爲「下落不明」，屬於失蹤人口。現在他住在兒子家，位在內陸，大海對那裡的人來說，只是一個概念。

「總之，」那個聲音利用短暫空檔吸了一口菸。「在一座孤零零的山丘上有一個花園，花園裡有一個電話亭。電話沒有接線，聲音隨風而逝。我說，『洋子，你好嗎？』彷彿回到從前，我妻子在廚房聽我說話，她不是忙著準備早餐，就是在張羅晚餐，我則嘀嘀咕咕抱怨咖啡燙到了舌頭。

「昨天晚上我說彼得潘的故事給我孫子聽，小飛俠找回丟掉的影子後，小女孩溫蒂幫他重新把影子縫回腳上。**我想我們也一樣，我們去那個山丘上就是想要把我們的影子找回來。**」

主控室裡沒有人出聲，彷彿有一個巨大的外來物突然砸到他們頭上。

佑伊也是，她通常很擅長用三言兩語切斷過長的聽眾發言，這一次卻沒吭聲。等到那個男人咳嗽，導播讓音控把聲音拉掉，佑伊才如夢初醒，回過神來。她匆匆介紹接下來要放的音樂，意外發現曲名十分巧合地呼應了那通電話：馬克斯・李希特的〈達洛維夫人：在花園〉（Max Richter, Mrs. Dalloway: In the Garden）。

那天晚上湧入許多聽眾留言，當佑伊坐上倒數第二班開往澀谷的地鐵，以及最後一班開往吉祥寺的地鐵，還有聽眾繼續進來留言。

雖然沒有睡意，但她閉上眼睛，再三回味最後那位聽眾說的話，就好像在同一條路上來回走著，每次都會發現新的細節。一個路牌，一個紅綠燈，一棟房子。直到她把那條路牢牢記在腦海中才睡著。

第二天，她請了兩天假。是母親和女兒走了之後她第一次請假。

她發動車，踩油門，衛星導航發出一連串指令，朝鈴木先生的花園出發。

如果這個實物無法帶來快樂，至少會帶來慰藉。

2
那一晚佑伊的廣播節目歌單

Fakear, Jonnhae Pt.2
* 漢斯・季默，《全面啓動》片尾曲〈Time〉
（Hans Zimmer, Time Plaid, Melifer）

Agnes Obel, Stone
* 坂本九，〈昂首向前走〉
（Sakamoto Kyū, Ue wo mite aruko）

The Cinematic Orchestra, Arrival of the birds & Transformation
* 馬克斯・李希特，〈達洛維夫人：在花園〉
（Max Richter, Mrs. Dalloway: In the Garden）

* 萬斯・喬伊，〈需要我就打電話給我〉
（Vance Joy, Call if you need me）

3

佑伊一邊照著衛星導航的指令走，一邊忍著不要吐出來。

她剛看到大海的前十分鐘都會感到不適，每次都如此。彷彿只要看見，海水就會湧入她的口鼻中，像是有人拿著漏斗，硬把海水灌進去。她只能儘快往嘴裡塞點東西，一塊巧克力或一顆糖果都行。等幾分鐘後她調適過來，心悸才能平復。

海嘯過後第二個月，她跟另外一百二十個人一起待在充作收容所的小學體育館內，每個人分到二乘三公尺鋪蓋大小的空間。她在那裡感受到的孤立無援，這輩子不願再經歷第二次。

那一年降下大雪，在三月實屬罕見。但是只要有機會，她便走出體育館，穿過校園圍牆的一個缺口，抱著她覺得牢牢生根的一株大樹，凝望回歸原位的大海，和海水退去後留下的滿目瘡痍。

她心無旁鶩盯著海水看，這樣看了好幾個星期。她相信，答案就在大海裡。

每個星期的每一個晚上，她都到救災資訊中心去問同一個問題：兩個名字，綁辮子，半長灰髮，裙子的顏色，肚子上有一顆痣。

回去後，她在學校狹小的淋浴間快速梳洗，那原本是給六歲到十一歲小女生使用的。走過掛滿圖畫和紙勞作的走廊，回到自己那一小方生活空間，面對種種的荒謬緘默不語。

亞麻地板上一塊塊鋪蓋之間，有人說個不停，他們必須說話讓自己接受事情真的發生了。有人則不發一語，彷彿預見未來驚駭不已，他們心裡知道悲劇必然發生，卻又告訴自己只要不翻過這一頁，那麼未來自然不會發生。還有一些人，心裡什麼都清楚，所以無話可說。絕大部分的人則是在等待，佑伊也在其中。

救災資訊中心根據接收的訊息，把他們分成這個組或那個組。有時候會離開原先的地方到另一個避難所去，那裡有他們等待的人在等待他們。

離奇的故事數以百計。如果彙整起來，所有的一切都不過是一個巧合（「我如果不是臥病在床」，「如果那一天我開車向右轉而不是向左轉」，「我要是沒有下車」，「我們如果沒有回家吃午餐」）。

大家都聽到距離海邊一百公尺的鎮公所廣播站那位年輕女職員的聲音，不間斷地警告大家海嘯即將來襲，必須逃往山上，逃往鋼筋混泥土建築高樓層避難。後來大家得知，她也未能倖免於難。

花了好幾個小時才下載成功，各種不可思議的畫面出現在手機裡，有人趴在屋頂上，有汽車被海浪捲走，有勉強支撐了一會兒的房舍跟人猶如洗手槽排水一般，轉瞬間被沖刷帶走。

接著起火了。沒有人想過火比水更強大。小時候大人告訴你剪刀大於布，布大於石頭，所以水永遠大於火，因爲水可以滅火，你可以得救。大家只想到兒時得到的保證，沒有人想到決定一切的其實是時間，煙會充滿你的肺。所以海嘯來襲時，也有可能連水都沒沾到一滴就這麼送命的。

那天佑伊在環繞小鎮的山上躲地震，強烈搖晃剛結束，眼睜睜看著海水開始往陸地推進。看起來速度緩慢，但是很堅定，彷彿那是唯一要做的事。大海除了持續往前推進，難道有其他事好做嗎？

佑伊離家有一段距離，她母親收到海嘯預警訊息並不慌亂，身旁有鄰居，女兒在避難所。她跟著人群走，還伸手攙扶一位行動不便的老太太，能力所及助人爲樂，畢竟她也算是地震大難不死。甚至她還覺得有些愧疚，因爲自己逃過一劫。

他們站在山腰平臺，像歌劇院觀眾席全部面向正前方，手中拿著手機，對於科技抱持高度信心。大家彷彿回到小時候，回到興奮和害怕無差別的那個時候。然而當海水觸及陸地，不但沒有停止還持續進逼到山腳下時，周圍只剩下沉默。

那一幕對佑伊來說太超現實，很長一段時間她都不確定自己究竟親眼目睹了什麼。

海嘯的高度遠遠超過預測，幾處避難所變成了致命的選擇，是錯誤的代名詞，是有失精準的定義，讓兩個不相干的東西之間產生了緊密的關聯性。她女兒和母親就是如此，在避難所送了命。

佑伊在那二乘三公尺的一方舖蓋上等了一個月，到後來她也不知道自己在等什麼。地震時，她隨手抓的幾樣東西放在身邊彷彿一個花圈。後來多出了幾瓶水、毛巾、眞空包裝的冷凍拉麵、飯糰、能量棒、衛生棉和能量飲料。她被漸漸老去的那些東西包圍，等待那件事情落幕。

後來遺體找到了，佑伊便不再看海。

4
東日本大地震受難人數統計
二〇一九年一月十日
Hinansyameibo.katata.info 網站公布最新數據

已知死亡人數：一萬五千八百九十七人。

失蹤人數：兩千五百三十四人。

疏散避難人數：五萬三千七百零九人。

連帶死亡人數：三千七百零一人。

5

佑伊開車駛在灰撲撲、空無一人的大槌町街道上。那裡是二〇一一年三月災情最嚴重的區域，十分之一的人口或被海嘯吞噬，或喪命於延燒數日的大火中。

被海嘯掏空的大槌町如今看起來像是一片翻過土的田，只看到零星幾間光禿禿的房子和挖土機，還有不知道什麼用途的機械用具。

這景象讓她想起山坳間突如其來出現在眼前的幾處佛教墓地，佔地遼闊，但是空蕩蕩的。

說明工程正在進行中，載明工地承包廠商名稱的直立布旗在風中繃緊。風一直吹個不停。

她開的這條路跟海岸線同高，沿著這一區海灣地形而建的道路忽寬忽窄，她忍不住心生懷疑。萬一打電話來的那個男人說謊呢？她懷疑的不是那個地方是否眞的存在，因爲她查看地圖找到了那個地方，還有電話號碼跟傳眞。佑伊擔心的是對那個男人有效，不代表對她也有效。

花園裡的一座電話亭，一具沒有接線的電話，可以跟往生的親人講話。這樣眞的可以撫慰人心？還有，她要跟母親說什麼，又要跟女兒說什麼呢？光想到這點就讓她心痛不已。

導航系統持續發出自相矛盾的指令。因爲她距離目的地越來越近，導航放棄提供更多說明。她將車子靠邊熄火。

如果鯨山那個花園裡滿滿都是人，需要排隊呢？誰不想跟逝去的人說說話？誰對那個世界的某個人沒有懸念？

佑伊想著那說不定是中國常見的碩大游泳池，放眼望去萬頭攢動，人人頂著彩色泳帽和吹足氣的游泳圈。大家都想擠進去，結果沒有人能夠眞的游泳。游泳池裡的水，不過是一個念想。

如果有人在電話亭外面排隊等候，佑伊覺得自己肯定沒辦法開口說話。

就像那間小學裡的公共浴室。你什麼時候洗完？你還要洗多久？

她從歪倒在副駕駛座上的塑膠袋裡拿出一個飯糰，那是她早上離開東京前買巧克力和罐裝咖啡時一併買的。她邊吃邊研究周遭景色。

那是鄉間一處不知名的地方，散落幾間小屋，兩層樓高，典型的藍色屋瓦，院子裡搭著棚架，有農田，還有雞舍。向右邊望去是海，丘陵簡潔的弧線順勢而下。後方則有一座陡峭的高山。

沉浸在景色中的她漸漸放鬆。這裡沒有繁雜交通，也沒有商店。原本擔心電話亭前人群摩肩擦踵，顯然是多慮了。

等數個小時的烏雲驟雨結束後，天空瞬間放晴陽光露臉。佑伊發現在一個院子裡有成排的柿子吊在屋簷下風乾。她從後照鏡中看見一個男人走出家門，爬著木梯攀上一株枯枝糾結的樹，他手上拿著一把大剪刀，正準備修剪枝椏。

佑伊想問那個男人知不知道鈴木先生家、風之電話亭，或是鯨山花園？但她想到這個問題形同讓陌生人知道她在服喪便猶豫了起來。她討厭別人因此改變態度，同情會讓她不得不神經質地微笑，或擺出某種姿態。

這時候，一個面容並不蒼老但頭髮已經花白的男人經過她的車窗外，佑伊意識到他跟自己一樣，都是海嘯的生還者。

她也說不清楚怎麼回事，那個人的臉上有一個小角落神情陰鬱，佑伊也有，只是她不知道自己的在哪裡。倖存下來的人臉上都有某個地方喪失了情緒反應，包括喜悅，只爲了不再承受其他人的傷痛。

那個男人手裡拿著一張地圖，頭上戴著鴨舌帽，展開的地圖卡在他胸前。那個男人環顧四周，尋找著。

之後幾年時間裡，佑伊會慢慢認識他，觀察他在風之電話亭裡痀僂的背影，貼在他耳朵上的聽筒，和他被電話亭玻璃方框切割的身軀。

他每次都會帶兩個妻子生前最愛的香蕉奶油泡芙來，因爲擔心弄壞，紙袋總是捧在手上，後來藤田先生養成的新習慣是和佑伊坐在鯨山花園的長椅上，一起把帶來的甜點吃完。

等他們的心空出一點位置，就可以看向大海。佑伊雖然搬去東京，一年半來跟大海保持遙遠距離，依然會懷念。很多人都說，剛開始你會憎恨大海，但之後會再度愛上它，就像你面對殺了人的孩子固然覺得心痛，卻永遠無法拋棄他。

「縱使時光流逝，我們對所愛之人的記憶永不會老去。老去的只有我們。」藤田先生日後會這麼說。此刻他再度打開地圖，風吹亂他的頭髮。

佑伊下車，感覺空氣中充滿鹹味。大海就在眼前，沒錯，但是一擁而上的濃度讓她感到不安。她匆匆鎖上車門，不讓自己有機會多想。

她跟在那個男人後面，他穿越馬路準備往上坡走。大海在他身後，他抬頭往上看。

佑伊感覺風在背後推著她走，彷彿一隻手放在她背上，一下一下輕拍著她，讓她也走上那條緩緩而升的小徑，爬上鯨山。

「不好意思！」她一邊大喊一邊加快腳步跟上去。聲音消散。她再說一次，「不好意思！」這一次聲音乘著風，抵達那個男人的耳中。他回過頭，胸前的地圖皺成一團。

他笑了。只看一眼他就明白佑伊跟自己一樣，是爲了同一個目的前來。

6
藤田先生常說的幾句話

「睡覺能治癒一切。」

「要認識自己，必得認識他人。」（語出：宮本武藏❷）

「你趕著出門時，永遠找不到鑰匙。」

「撒了肉桂粉的卡布奇諾絕對更好喝。」

「流於表面的認識比無知更有害。」（語出：宮本武藏）

※宮本武藏的《五輪書》和馬基維里的《君王論》都是藤田先生最喜愛的書。

❷ 譯注：宮本武藏（1587-1645）是日本江戶時期的武道家，創立二天一流劍道，以雙手各持一件武器的二刀流劍術聞名。晚年著有《五輪書》，以佛教密宗五輪地、水、火、風、空概念解釋兵法和劍術。

7

有一年的時間，佑伊反覆做同一個夢。每天晚上她都夢見再次懷上女兒。她心裡隱約覺得寶寶一旦離開母胎，她就有可能重來一次，複製懷孕過程的每一個步驟，讓女兒回來。

變故發生的第一年，理性始終被擱置一旁，被封閉在夢境中的小角落裡，默不作聲看著她，似乎覺得自己無權干涉。等到佑伊清醒過來，理性才從那個角落現身，站出來絮絮叨叨地告訴她那是妄想，她應該堅強起來往前走。

就算她再度懷孕，就算她很荒謬地再跟同一個男人在一起，那個額頭正中央有疤、鼻子和臉頰上有雀斑的小女兒，也不會再回來了。就算不再擁有堅挺的鼻子，不再用高聲尖叫博取她全部的注意力，也無濟於事，小女兒不會再回來了。

藤田先生此刻站在她面前，侷促地微笑對她坦承，那個地方在哪裡他毫無概念，但是肯定就在附近。還有，藤田先生好幾個月以來也老是做同一個夢。

在夢裡，他對沉默不語的三歲女兒諄諄教誨。她自從失去母親之後便不再說話。

他想到什麼就教她什麼。他拉著她的手，反覆拋起後用掌心接住她的小手，告訴她某些事該怎麼做才正確。例如，筷子不能插在食物上，她不該那麼做；打呵欠的時候要用手摀住嘴巴；吃飯前要說「我開動了」，而且要微微頷首示意，像這樣；回家要記得洗手；特別是笑的時候要發自內心，不能皮笑肉不笑。

教育，教育，教育很重要。他妻子在世時常這麼說，他也相信著，等她離世後他更加堅信不移。

他從未質疑過那些話，那些要求在他腦中縈繞不去，應該會終生奉行不悖。聽起來乾巴巴的句子由母親或父親的聲音說出來，會隨著時間慢慢找到自己的聲音。

「那些事以前都是我太太對小孩說的。我每天聽，但我從來沒說過。我都讓她說，或許是因爲我認定我的角色永遠是次要的。但是現在我會觀察路旁、公園裡和超市裡的媽媽，希望能從她們身上學到方法，我想知道怎樣才能讓小孩開口說話，而且讓他們覺得活著是快樂的。」

「那個啊，沒有人知道吧！」佑伊那天晚上這麼說，她出於直覺如此回答藤田先生。

那天下午他們在鯨山走來走去，在附近唯一一家餐廳簡單用餐後，佑伊讓他搭便車去車站。他們在車上坐了半個多小時，看著落日餘暉燃起，看著籠罩在萬物上的光熄滅。他們不發一語在大槌町海灣的漆黑中穿行。

佑伊說完「那個啊，沒有人知道吧！」，看到藤田先生臉上露出不自在的表情之後笑了。她覺得詫異不已。

不是因爲藤田先生的天眞。佑伊無論是從女兒或妻子的角度，對於父親這個角色都感到很陌生。她只知道某些複雜的東西，例如快樂，不是幾句話就能舉例說清楚的，更別說生之喜悅，需要大量擁有才能夠跟他人分享。

所以，不是因爲藤田先生的天眞，而是因爲佑伊喉嚨裡發出的那個聲音，已經缺席許久的那個聲音，所以她覺得詫異。她笑了，她在笑。

她上一次大笑，覺得自己輕鬆到可以如此隨興地笑出來是什麼時候，她已經不記得了。

愛她的人若聽見她笑，應該會很感動。

「沒有人知道？」藤田先生回應時，也笑了。

8
如何讓小孩覺得活著是快樂的

藤田先生在吉祥寺京王超市遇到小櫻（兩歲）的媽媽黑田太太，她認爲：「稱讚他們的次數要比吼他們的次數多（一次）。星期六早上一起做鬆餅，在他們說『你看』的時候，要看著他們。」

在井之頭恩賜公園裡，逞櫻（三歲五個月）的媽媽安西太太和另外一位媽媽聊天時則說：「讓小孩每天到公園跑一跑，在他們調皮的時候大力的擁抱他們，不帶他們去玩具店就不需要對他們說不。」

藤田先生的同事今井先生，是孝介（七歲）的爸爸，他說：「跟小孩一起看恐龍故事書、帶他們去水族館看魚、回答他們提出的所有問題，包括令人尷尬的問題。」

9

「找鯨山花園嗎？」一名老婦人問他們這兩個外地人。她痀僂著背，身上穿的圍裙兩側車縫了幾個大口袋，腳邊有一隻黑狗，嘴巴在咬東西，一臉很好命的樣子，牠結實的身軀橫倚擺出坐姿，只靠兩條纖細的前腳支撐。「你們要去那裡？」

「對，沒錯。在附近嗎？」

最後那段路，讓人難掩激動的那段路，因爲這名老婦人的出現讓他們情緒得以緩解。她年約八十多歲，行走時駝著背一手扶腰，一手在身側擺動。

老婦人自告奮勇帶他們去到鯨山花園管理員鈴木先生的家門口。「請跟我來。」她笑容可掬，彷彿要引領他們走進她家中最角落的那個房間。

她是九州人，不過出生地在哪裡不重要，因爲她這輩子都在這裡度過。她跟丈夫結婚後就搬家，他是漁民，她說。他告訴她這裡是全世界最美的地方，她相信了。他們齊力把他小時候的家整理好，生活作息順應大海的需求，日和夜都一分爲二，因爲男人的船在一片漆黑中起錨出航，拂曉時分歸來。

剛開始，她說，她被丈夫有時候去北方捕魚，帶回來送她的那些有著深紅色和金黃色長腳的巨無霸螃蟹給嚇傻了。她沒見過那樣的蟹螯，感覺是很可怕的生物。

「沒想到那麼好吃，你們一定要嚐嚐。」

佑伊轉頭望向大海，看到漂浮在海面上的紅色浮標露出尖尖的頭。她想像老婦人挺直腰桿，像撣掉外套上的灰塵那樣褪去歲月的痕跡，將皺紋推到臉頰邊緣，站在家門口遙望大海，腳邊挨著一隻狗，懷裡抱著一個嬰兒。另一個較大的小孩則抓著她的和服下擺，極短的瀏海是早年流行的式樣。她帶著新嫁娘的焦慮眺望著海平線，尋找丈夫那艘船的蹤跡。然後她舉起手臂，「你們看。」她大喊，用食指指向海面上那個小黑點。

或許因爲老婦人善意的介入，佑伊和藤田先生毫無心理準備就走到了鯨山花園。他們的注意力都在老婦人和她的狗身上，以至於花園像街頭劇場的舞臺一樣，突然出現在眼前。

再見，祝你們好運，老婦人揮手告別反覆說道。他們目送她，再三鞠躬表達感謝。老婦人慢慢走回原路，呼呼吹著的風彷彿沿途伴她回家。

在收容她數個星期的那間小學裡，在一箱箱水果、冷凍食品包和從全日本各地蜂擁而至的衣服和被褥之間，佑伊檢視過上百張臉孔，她對每張臉都過目即忘，無一例外。只有一張臉每天都會出現在她眼前，而且總在最難預料的時刻出現。

跟那個男人的臉一起出現的，還有另外一件東西。

他應該是五十歲上下，身形壯碩，嘴巴總是闔不攏，瞪著大大的眼睛，像魚一般突出的眼睛。

佑伊始終不知道那個人的姓名，他手裡老是拿著一個畫框，睡夢中也不曾放下。他就這樣透過畫框望著天空，盯著天花板，看著體育館裡的每一樣東西，包括舖蓋、堆積如山的物資，還有人。佑伊從未如此好奇地觀察過別人，她看著他用這種方式作畫，覺得應該沒有其他人比他更厲害。每次他換一個方向，停下來，不疾不徐地研究落在畫框裡的種種，他另一隻空著的手就忙著比畫，彷彿在做紀錄。

外面的世界裡，瘋子或許比其他人孤單。不過在收容所那樣的地方，瘋子顯得沒那麼孤單。那些讓正常人傷心欲絕快要發瘋的事，對瘋子而言反而是一種解脫，讓他們看起來不再格格不入。

佑伊甚至懷疑那個人到底是不是收容所裡的人。她覺得他不像是最近受到打擊才變成那樣的，創傷時間應該更早，他對收容所收到的任何消息都無動於衷。大家至少一天會跑一趟救災資訊中心詢問家人的下落，他從來不去。收容所裡的人來找他也僅限於交代領餐、輪流盥洗、醫療檢查、做體操伸展筋骨的時間。在大家哭泣或努力不在其他人面前哭泣的時候，他沒有反應。他只是待在人群中，或許他有自己的家，但是他覺得需要自己安撫自己。

值得一提的是收容所裡沒有人會懷疑其他人，沒有人會讓自己心生懷疑。大家都擔心自己會讓受創的人難受。不過佑伊還是有所準備，如果有人靠近那個男人，如果有人問他為什麼要用那個天藍色的塑膠方框重啓人生，她會介入。「他在玩遊戲，他答應他姪子的。」她會替他解釋。如果有人問，玩什麼遊戲？姪子在哪裡？人沒事嗎？她就不再說話，那些人便不會繼續追問。

佑伊猜測，**透過畫框看世界只是讓那個男人更安心，讓他更能夠面對一切，然而這個眞相並不會讓其他人感到安心。**

在不確定一個人是不是眞的瘋子時，大家對那個人的接受度會比較高。

夜裡，佑伊躺在體育館的舖蓋上，想著女兒和母親的臉，想著以前生活的片段和大海，同時浮現那個癡傻男人待在自己可能堆滿破爛的家裡的畫面。

佑伊也不知道自己著了什麼魔，就是忍不住反覆回想那一幕：失眠的她站在體育館高聳的屋頂上，眺望那個行動笨拙的矮胖身影碰巧看到一個畫框，他撿起來，打開後面的背板，把原本放在裡面的印刷品拿出來。尤其是後來發生的事（每當那個男人把畫框舉起來放在眼前，望出去看到的那個世界裡的房間、街道和所有東西，都突然變得別具魅力又一片祥和），佑伊足足倒帶了十來次。只要想起那一幕，就能讓她徹底平靜下來。

現在也是如此。她坐在鯨山花園的長椅上，看著藤田先生的側臉，被電話亭固定玻璃的方框（兩根垂直長木條和五根水平短木條）切成一格一格，每一個方框裡都有一部分的藤田先生，或一段手臂，或一截小腿。

她多次移開視線，以免讓人覺得失禮。

藤田先生毫無所察，他一直在跟妻子說女兒咲花的事：「她不肯說話，對，但我還是有信心，兒科醫師也一樣。」

時間問題，他說。因爲小孩不擅長表達情感，就像有東西卡在喉嚨裡。這種狀況並不如大家以爲的那麼罕見。

「我母親一切安好，她常常陪伴咲花。」

而且還有鄰居、幼稚園老師和其他小朋友，總之，很多人愛咲花，她一定會好轉。如果能在讀小學之前痊癒就更好了。

佑伊眼前那格方框內藤田先生的後腦杓突然不見了。原來是因爲他彎下腰，跑到下面那格方框去了。他拿起放在地上的背包，轉過身來。

藤田先生情緒激動，但是面帶微笑，彷彿在說，「沒事，她很好，我很好，沒問題。」

直到一年後，佑伊才跟藤田先生說起那個拿著畫框的男人。她告訴他自己如何進入那個天藍色的方框，如何感覺到自己在那一天被注視，是那幾個星期以來第一次眞正被注視。

只有那麼一次。三天後那個男人不見了。沒有人談起他，她也沒有問。

沒有問無人知曉的那個人，因爲沒有什麼好問的。

沒有問無人知曉的那個人，因爲已經不重要了。

在那個與世隔絕的地方，佑伊發現自己學會了另外一件重要的事：**只要一個人默不作聲，就會永遠被抹去**。所以把故事記下來，跟其他人說，說其他人的事，都有其必要。聆聽他人說其他人的事，也有其必要。還有，跟亡者對話，如果有其必要。

10
拿著畫框的男人手中那個畫框

· 規格：17.5 公分 × 21.5 公分。
· 顏色：天藍色。
· 二〇〇一年三月六日在百元商店購入。
含稅，一百零五日元。
· 產地：中國。

11

第一天佑伊只想待在那裡看看。

花園持續喃喃低語，彷彿附近村鎮的聲音都在那一小方土地上匯集。

佑伊心想，陪他們走來鯨山花園的那名老婦人和那隻老狗聊天的聲音會不會也傳過來了。顯然那互相依戀的一人一狗聊過大海，也聊過已經搬去遙遠城市定居的孩子。

掛上風之電話後，藤田先生走進管理員的家，參觀過去幾年在某些非營利組織協助下建立起來的圖書室，翻看逐月紀錄的大事記。

稍早他們與鈴木先生見面一切順利，受到了誠摯的歡迎。

鈴木先生彎腰鞠躬的同時笑出了法令紋，藤田先生遞出名片。佑伊僅站在一旁看他們互動，甘心作她旅伴的陪襯，讓人以爲他們是一起的。藤田先生應該有所察覺，沒有做任何舉動凸顯了佑伊是或不是他的誰。

鈴木先生看著佑伊，無意深究，視線只在她怪異的髮色上略作停留，那時候她的頭髮三分之二是金色，餘下的是新生黑髮。他熱情地說了好幾次歡迎，邀請他們入內。

佑伊覺得花園很美，令人動容的美。她詢問鈴木先生能否留在那裡，單獨坐幾分鐘。

「您想坐多久都可以。稍晚有一個年輕人會來，大概半小時後，但他常遲到。您只要把電話亭留給他用，不要太靠近他就好。他常來，我知道他，不是拘泥於形式的人。」

佑伊答應了，同時爲鈴木先生談到年輕人的親暱口吻感到詫異。或許有一天他也會這樣跟別人說她。

她看著兩個男人走進室內。那棟低調的房子矗立在花園後方，白色的牆面上支楞著黑色木條。佑伊想起她在一本記錄德國的攝影專書上看過類似的房子。

每年，都有上千人來到鯨山花園傾訴心聲。

許多人跟佑伊一樣是三一一的生還者，他們多數來自大槌町。也有人來是爲了生病或車禍意外過世的親人；或是老年人來跟在二次世界大戰中喪命的雙親說說話，亦不乏父母來尋找失蹤的孩子。

「有一次，一位先生跟我說死亡是非常個人的事……」鈴木先生說。「我們總想著要讓自己的人生跟別人一樣，但是死亡不然。每一個人的反應都不一樣……」

佑伊走得很慢，一邊留神不要踩踏到花草，一邊想著鈴木先生說的那個人會不會就是打電話來廣播節目裡的那個人。

她發現鯨山花園這裡的風沒有片刻停歇，彷彿一陣接著一陣助跑而來，打亂了周圍的景色。

於是佑伊心想，**那個電話聽筒的功能與其說是把聲音導回耳朵，不如說是讓聲音飄散在風中**。她不禁懷疑，**那些被召喚來的亡者，在另一個世界裡是否手牽著手，是否最後會彼此相識，編織出生者毫無所悉的人生和故事呢**。

否則爲何死亡如此輕盈？在鯨山花園那裡，死亡看起來如此美麗。

佑伊走在花園裡，想像那些應召喚而來的亡靈彷彿坐在教室課桌椅上，舉手發問，結交朋友。她的女兒會跟藤田先生的妻子一起玩耍，她們會一起唱歌，共同重塑一個世界，在那個世界裡不僅生還者彼此照顧，亡者也彼此相愛，邁步前進，等待年事漸高後死去。靈魂應該跟身體一樣，到了某個時刻便徹底耗盡。

這個想法讓她心神不寧，好像在她恍惚怔忪間，這件事竟已成真。

佑伊坐在一個樹樁上，將右手手心張開放在膝蓋上，再張開左手。她看看這個，再看看那個。她的女兒會繼續活蹦亂跳，被另一個人抱在懷中？

半小時後，佑伊抬起頭看到一個穿著中學制服的少年踏著大步穿過花園，直奔電話亭而去。他的步伐有點吊兒郎當，是那個年紀的少年所獨有的模樣。佑伊心中不捨，他最多十六、十七歲。

他斜背在肩上、繡有中學校徽的沉重書包大力撞了小徑路口的拱門一下，鈴噹叮叮作響。

佑伊看著他拉開電話亭的門，拿起電話聽筒。

她轉過身去，以免讓少年覺得被打擾。她坐在一株柿子樹下，抬頭往上看。樹上還有幾顆果實，但大多是光禿禿的枝椏向天空伸展，在她頭上向四面八方延伸。

這樣看出去，彷彿天空滿是裂痕。

12

鯨山花園那位老婦人和她的狗最喜歡聊的話題

· 她丈夫年輕的時候有多浪漫。
· 那次他們在蘭花溫室裡做愛。
· 她女兒瑪莉住在神戶，嫁給一名工程師。
· 她女兒瑪莉的老公戴的那些領帶醜死了。
· 兩歲半的外孫奈實希在 Skype 上跟她熱情打完招呼後，忘記電腦一直開著。
· 函館的螃蟹有多好吃，她每次吃都念念不忘。
· 她住在德國的兒子過年會回來，帶新娘子給她認識。

13

「她就是麻煩，什麼事都有意見。」少年笑了。

他步出電話亭後就朝佑伊走去，示意自己打完了。管理員站在家門口招呼他們，茶泡好了。

少年名叫慶太，他從隔壁的隔壁村來，走路來的，沒有搭公車，因爲很不巧，公車出發的時候他剛結束劍道練習離開道場。他讀高中最後一年，母親因爲癌症發現過晚而病逝。

「我媽媽是東京大學畢業的，很重視我跟直子的學業。」

「直子是她妹妹，十四歲。」鈴木先生解釋道。

「我們一天到晚跟她頂嘴，」少年說。「我覺得她逼我逼得太緊。」

「我們都一樣啊，」藤田先生笑了。「我以前也抱怨過我父親，以後我女兒恐怕也一樣。」

「我態度不該那麼惡劣，」少年說。「但我就是做不到。就連最後我也沒能做到，不過那時候原因不同。我怕我太聽話，她可能會以爲我覺得她好不了。」

鈴木先生在後面的廚房忙，偶爾會應幾聲，大概對少年說的話已經熟記在心。

「她如果還在，我們八成又會吵起來。」

風吹動廚房窗玻璃，一片淡紅色樹葉貼伏在上面。隨後風又突然撒手不管，葉子掉落在窗檯下。

「我爸爸那個人則完全不介入，他說：『冷靜評估後再做決定，我相信你』。」少年說。「問題是我不相信我自己。」

「你這個年齡，做什麼都不容易。」鈴木先生說。

這段透徹的對話讓佑伊印象深刻，她始終沒有開口。她以爲中學生應該更大咧咧，看事情不會太深刻，說自己的時候難免遮遮掩掩。她心想，或許傷痛讓人生有了深度。這讓她有點難過。

「還是有好處，現在我說話她不會再打斷我了。」少年自我解嘲。

「家裡人知道你來這裡嗎？」藤田先生問他。他把玩著杯子，指甲敲打著黃色瓷杯，每次他在想事情的時候都會做這個動作。

「我爸爸知道，因爲我如果來這裡，回家吃飯的時間比較晚。但我沒跟我妹妹說。」

慶太沒說的是，他之所以想要自己來告訴媽媽家裡近況，是因爲媽媽在世的時候，他最少跟她說話。

「謝謝，鈴木先生。」少年突然猛地站起身來，從書包裡拿出一個壓扁的紙袋。「這是給您和您妻子的，有點壓壞了，很抱歉。」

鈴木先生接過裝滿點心的紙袋放在桌上，向少年道謝，叮囑他當心著涼（「就快要進入冬天了」），鼓勵他考試加油（「但是別太累！」）。這位中學生既彆扭又感動地答應說只要他可以就會過來，然後對鈴木先生和陌生訪客鞠躬。不過這時候佑伊已經走開了。

她看著少年背著壓垮了身形的書包走出門口，想像是廣袤的未來壓在所有與他同年齡的少年身上，同時在心裡想著，不需要記住那個少年的聲音，因爲聲音已經在那裡，在鯨山花園裡，跟許許多多其他聲音連結在一起，而且很可能永遠留在那裡，撫慰著母親的聲音，告訴她考試的結果，大學剛開學上的課，他愛上的那個女孩並不愛他，另一個女孩被他拒絕了，只因爲她不夠像他母親，但他自己不知道。還有他的第一份工作，他的婚姻，經營家庭很辛苦，他的第一個孩子，聽到孩子開口叫爸爸既喜悅又不適應的心情。

這個聲音還會被捲入其他聲浪中。大海會將所有這些聲音推到城市邊緣，推到港口區。

「然後呢？」

然後被魚吃掉，就跟佑伊讀給她女兒聽的睡前童話故事裡面那些王子的戒指一樣。

「然後呢？」

然後有一天，在不遠的某個王國的某個廚房裡，某人剖開一條鯖魚，或一條白斑狗魚的肚子，那些聲音會一股腦兒全部跑出來。

佑伊記得她女兒總是說：「然後呢？媽媽，然後呢？」棉被裡穿著睡衣的小女孩把手放到肚子上。佑伊高聲讀出故事情節，小女孩會在正確時機發出驚嘆：「好可憐喔！」

小臉露出顏色表情，眞心爲故事裡的小動物感到難過。

魚被剖開了肚子，牠的悲慘命運給一位女王或一位國王帶來好運。

等訪客又只剩下他們兩個，佑伊再度走到花園。向管理員鈴木先生簡單說幾句話告別，然後站在深秋的風裡，等待藤田先生。他們之後會去吃黃澄澄的海膽、味噌湯和家庭手工製作的香鬆拌飯，同時向對方敘述自己的人生。

海平面的雲朵彷彿融化了，被一陣大風吹散。

那個下午無雲，晚上亦然。佑伊發現自己很想見見藤田先生的女兒，想看著她的眼睛告訴她不要灰心氣餒，小孩大多不知道自己有多麼受人疼愛。不過，就算佑伊眞的遇見小女孩，她什麼都不會說。她知道最強而有力的愛，是顯而易見的愛。

佑伊發現藤田先生的名字是毅，她非常喜歡這個名字的發音組合。從那時候開始，每次想起藤田先生，佑伊都叫他這個名字。

兩人道別時表現的熱情無人覺得不妥。他們彷彿是碰巧黏在背包底部裝滿東西的兩個物品，以某種方法找到了彼此。

那天晚上佑伊開車返回東京，高速公路上空蕩蕩的。她開進吉祥寺轉進三鷹，夜已深，一家家便利商店照亮街角一隅、武藏野市政廳大道上成排的櫻花樹、老人活動中心和體育館。大家集體入眠，彷彿仙女施了魔法。

這是兩年來佑伊第一次動念，覺得她應該爲每一天從後照鏡裡彷彿還能看見的坐在兒童座椅上的女兒唱一首搖籃曲，還想轉頭看向坐在她左側的母親，訴說自己經歷了多麼奇怪又神奇的一天。

那是海嘯過後，她第一次質疑非要把世界一分爲二，分成生者和亡者世界的獨斷和理所當然。

佑伊心想，**跟已經不在人世間的人說說話，其實沒有什麼壞處。只要你能接受雙手觸摸不到對方，雖然努力回憶但還是有很多缺口需要填補，感情的喜悅不來自於獲得，只在於給予。**

那天晚上，佑伊裹著被子，打開一本童話書。

她高聲朗讀勇敢小錫兵的故事，一條大魚把他吞進肚子裡，他千里跋涉才回到那單腳站立的舞者身旁，最後雙雙被壁爐火舌吞噬，留下一顆小小的錫心，還有跟煤炭一樣黑的小星星。

14
慶太打電話給母親

「喂，媽？你在嗎？我是慶太。」

「抱歉我最近比較少來。」

「我每天晚上都去補習班上課，週末還有東大入學考試加強班。沒完沒了。」

「爸說你以前也常講，選擇題很蠢。人生中怎麼可能只有四種選擇，而且只有一種是對的。」

「你好不好？你該不會在那裡還偷吃甜食吧？」（笑）

「我覺得貪吃這個習慣，直子是遺傳你的。」

「我洗衣服的時候在她口袋裡發現過糖果紙和巧克力，有一次我還找到幾片椒鹽小餅乾和一根吉拿棒。我覺得這不大正常。」

「喔，直子談戀愛了。不，別問我那個人是誰，我不知道。」

「反正從她臉上就看得出來。她居然不像以前那樣怪裡怪氣的了。」

「好吧，我得走了。有一位太太在花園裡走來走去，說不定她也等著打電話。」

「掰，我很快就會再來，我答應你。」（慶太折返）

「那個，想吃什麼就吃吧。」

15

那天之後，佑伊和毅就常常跑鯨山花園。一個月去一次。兩個人約在澀谷的摩艾石像前面見。那裡距離他們家都近，全世界的人不分白天或黑夜在此聚集，佑伊喜歡凌晨時分來，幾乎沒人。關掉的大型螢幕和一閃一閃的交通號誌讓澀谷路口看起來宛如廢墟，或像停靠在街角、彩燈全暗的遊行花車。

前往岩手縣這段路程他們已經熟記在心。清晨四點出發，在千葉市的 Lawson 超商買早餐，以及佑伊需要的巧克力，好讓她在看到大海時能快速往嘴裡塞幾粒。

於是毅知道她會反胃，在看到海的那一刻。

佑伊則發現每個月的那一天，毅不願意帶手機。他說這趟出遊是一種生理需求，他需要用身體來感受距離。毅認爲帶著手機就會擺脫不了時間，讓他不得不面對平日的自己。

因爲這個緣故，他把佑伊的電話號碼留給了代爲照顧女兒的母親。所以又多一個人知道風之電話亭，以及和那名年輕女子每個月有一個星期天會開車去鯨山的行程。

佑伊和毅只有在去鯨山花園的時候才見面，初相識的那個地點似乎註定成爲日後見面的唯一選項。不過兩人之間的距離日漸縮短。

他們開始每天給對方發簡訊。

一天晚上佑伊在找手套的時候，翻出一個已經包裝好、準備送給小女兒的禮物，她傳了一通簡訊給毅。當初搬家十分倉促，那幾天所有被她隨手丟進紙箱裡的東西都彷彿燙手山芋。所以雖然時隔兩年，在新家到處都藏著她以前買給女兒的東西，數量驚人，讓她想起有些是她那時候特別喜歡，有些買的時候打折，明知道女兒還用不到但還是買了下來，有些收起來的小衣服只要小朋友再長大一點就可以穿了。有時候她會找到布偶、繪本和漂亮的小裙子，因爲她隨手亂放，忘記拿給女兒。看到那些不該出現的東西出現在眼前，佑伊覺得自己剝奪了女兒小小的喜悅，感到分外傷心，倍感煎熬。

毅用簡訊安慰她，後來也都這麼做。

他還答應她說等她覺得自己準備好了，找一天一起整理那個家、櫥櫃、儲藏室和搬家後始終沒有拆開的紙箱，佑伊對那些紙箱發自內心的抗拒。

毅同樣也會傳簡訊給佑伊，在他覺得自己把站在窗前背對他的女病人誤認為是自己的妻子，匆忙趕去上班途中察覺從他面前經過的上氣不接下氣女子側面跟妻子很像的時候。

因為女兒不肯開口，幼稚園老師很擔心的事，毅也說給佑伊聽。咲花畫畫，參與團體活動，唯獨不肯說話。已經沒有人記得咲花的聲音了，就連毅自己都覺得印象模糊。他只能觀看存在電腦裡的簡短影片：咲花唱卡通片主題曲、顛三倒四說話、哼唱傳統民謠，咲花理直氣壯地堅持她那個年齡的小孩才會說的傻話。

對過往依戀難以割捨，還有面對生存考驗感覺力有未逮的時候，毅會傳簡訊跟佑伊說，「有點沮喪。」她能懂。

不知不覺中兩個人變得越來越像。

毅開始用不同角度觀察家裡的每個角落，特別是那些藏著某些東西不讓咲花找到的家中角落，或許是危險的東西，令人垂涎的東西，或是他女兒沒有收好因此做為懲罰被沒收的東西。他不再提前添購衣物或買禮物，每當他找出他覺得女兒應該會喜歡的東西，就立刻拿給她。

他從佑伊那裡學到的是，理論上來說，明天一定會到來。

至於佑伊呢，她開始跑醫院。兩年來她總是下意識希望感冒能惡化成肺炎，喉嚨痛不去理會就可以讓她痛到什麼都不能想。但她重新開始照顧自己的健康，笨手笨腳地開始學著自我照料。

還有，當她看到溫馨或有趣的畫面，例如小狗在公園裡自己玩耍，主人在旁邊打瞌睡，或是幼稚園校車裡的小朋友在火車經過平交道的時候興奮尖叫，她都會拍下來，像是一段極短的影像化俳句，保存起來等到上班時或睡覺前觀看，或是遇到一天當中有某個看似很難熬過去的時刻觀看。她也拍了好一些毅的影片，讓陰霾時光轉爲晴朗。

然後來到星期六晚上，緊接著是星期天早晨他們一起出發去鯨山花園，佑伊會在約定的時間按一聲喇叭通知毅她來了，她年輕時候也是用同樣方式催促媽媽快點出門。坐在摩艾石像下方的毅在那一刻抬起頭，走向他想進一步有所認識的那名女子，他很快樂，看著佑伊的笑臉、明亮的眼睛、小而飽滿的嘴唇、挺翹的鼻子和披在肩上的雙色頭髮，他心中喜悅。

其實，自從相遇的那一刻起，他們已不再是在世界上某個地方集合準備前往另一個地方的兩個陌生人，而是踏上歸途。是他返回她身邊。也是她返回他身邊。

16

佑伊在家裡找到
以前給女兒買的（但從未用過的）東西

· 一個有兩撇小鬍子的奶嘴。

· 一條口袋有蕾絲滾邊的桃紅色長褲。

· 一個有麵包超人圖案的玩具喇叭。

· 一個握把上有蝴蝶結的米妮圖案杯子。

· 一張聖誕歌曲光碟。

· 一條幫新生兒洗澡用的紗布巾。

· 一件三個月大嬰兒穿的連身褲。

· 一對繡有花卉圖案的小手套。

17

開車前往鯨山花園的路上他們很少聽廣播，更是從來不聽佑伊主持的節目。毅盡量聽節目直播，如果他在開刀房或有某個緊急的事要忙，就會把她的節目錄下來。後來為了保險起見，他每次都錄，把佑伊的聲音留存在資料庫裡。

他喜歡學者、記者、科學家的沉穩嗓音，也喜歡佑伊跟那些從日本各地打電話進廣播節目裡的聽眾對話時的細緻、安撫人心的聲音。他尤其喜歡佑伊說話的方式，能夠讓那些不習慣開口的人也感到自在。

車子行進時一側是大海，山巒在前方，他們最常聽的是純音樂。佑伊喜歡Bossa Nova，屬於緬懷她沒有活過的那個時代的鄉愁式音樂，來自她毫無所悉的土地，但是讓她想哭的旋律實在太美。她堅信那個鄉愁與記憶無關，只有從未親身經歷過的事物才能讓她感受強烈的鄉愁。

毅則是聽日本搖滾樂長大的。例如：X Japen，Luna Sea和Glay，偶爾他會推薦佑伊聽幾首旋律感比較強的歌曲。例如：Forever Love或Yuwaku。佑伊總是笑，試著把毅冷靜的聲音跟那些多偏向嘶吼、聲嘶力竭的歌聲相比。

從東京開車到大槌町的路程很長，但是長得恰到好處，讓他們每一次都得以做足心理準備跟位於鯨山腹地上的那座花園相見。漫長無止盡的車程中，當佑伊覺得疲累，車內有背景音樂、聊天聲和安靜交錯，還有他或她輪流打瞌睡的呼吸聲，彷彿讓他們心臟的神經和肌肉變得更強壯。

所有這一切讓在他們在看到一成不變、明明很小卻彷彿無限大的鯨山花園時，立刻就能感受到風在吹。他們一公里又一公里地縮減他們與風之電話亭、花園、船隻和浪花的距離。

如果佑伊必須用一個明確的畫面來解釋，她可能會說那就像分娩前痛不欲生的子宮收縮，是她生女兒有過的美好體驗：合攏是爲了開啓，收縮是爲了放鬆，吸氣和憋氣是爲了推和張開。

總而言之，荒謬至極。就像大家通常會說的那種情形，當你下定決心放棄，就成功了。愛也是，眞正的愛，就像等不到的孩子。

那天他們有辦法跟自己的親人開口說話嗎？那個月佑伊每天早晨醒來發現自己

一人在家，是不是沒那麼難受了？毅是否不再盯著空著的那半張床，不再站在浴室門口琢磨妻子還要多久才會好，卻又溫柔地低聲對她說「慢慢來，別急」？

18
佑伊以前和現在喜歡的巴西歌曲

- Águas de Março，Elis Regina，《Elis》原版專輯（1972）。
- Desandou di Caio Chagas Quintet，《Comprei um Sofá》專輯（2017）。

19

「我就是希望能有一次，只要一次就好，他可以讓我知道他在，有聽到我說話，而且沒有生我們的氣。」

在一連串尖銳的發言後，這幾句話說得溫吞又無可奈何，露出些許馬腳。那個男人頻頻換氣，忍著不哭，然後再次口出惡言，咒罵不斷。

他們是在往鯨山花園的路上遇到他的。他們帶著慣例準備送給鈴木先生和太太的伴手禮，以及飢腸轆轆期待到每次都會去的那家小餐館吃海膽和味噌湯。毅還帶了兩個他妻子喜愛的香蕉奶油泡芙，佑伊的儀表板上則有巧克力。

一切都在常規上。一切如常，反覆循環。

「我是記者，文字記者。如果有一天我能把這個故事寫出來，前提是我太太同意我寫出來的話，標題會是〈不死的年華〉。」

他們坐在圖書室外的小客廳裡，那是鈴木先生規劃的一個休憩空間，可以聊聊天、喝杯茶，幾個月後可能轉型爲咖啡廳。

「這個標題很吸睛。」在客廳旁小廚房裡的鈴木先生客氣回應了一句。

「我認爲這是唯一合適的標題。我會談年輕人對危險缺乏感知能力，如果上了年紀的人還這樣那就注定失敗，如果做蠢事，早晚會賠上性命。」

這個男人體型壯碩，挺著肚子，戴著一副方形粗框眼鏡。話很多，性子很急，常常來不及換氣，憋著氣把話一股腦兒說完。然後猛吸一口氣再繼續往下說。

「你們還記得去年廣島刮颱風，有三個傢伙掉進河裡那段影片嗎？那三個笨蛋穿著內褲坐在一個充氣艇上……沒錯，充氣艇，去海邊度假玩耍用的充氣艇，把小孩放進去會立刻嚇到尿出來的那種。」

佑伊和毅對看一眼，他們都沒印象。

「當然沒看過，你們怎麼會點來看？那段影片亂七八糟的，光想就煩，更不用說從頭看到尾了。總之，那三個人其中一個是健吾，我兒子。」

第二天佑伊和毅各自用手機搜尋，看到日本 NHK 電視臺那段影片中，兩個穿著內褲的男孩坐在充氣艇上，一個頭髮漂染，另一個頭髮烏黑，由河堤上往下拍攝他們的另一個男孩傻笑著。影片只有短短幾秒，因爲他們很快就被河水沖走，消失在畫面外，影片中斷。日本NHK電視臺的報導把這段影片重複播放了三至四次，中間穿插河流上方的鳥瞰畫面，以及房舍在颱風肆虐後的殘破景象。在字幕協助下，記者以旁白說明事件細節：用潛水攝影機在河底進行四個小時的地毯式搜索後（因爲天候不佳，所以時間拉長），才終於找到那兩個人。

「遺骸並不完整，」記者描述道。「曾遭到魚群啄食。還有一隻螃蟹躲在健吾的頭髮裡。」

之前只用簡訊聯絡的毅和佑伊，第一次通了電話。他們心情大受影響，想著那位父親不知道反覆觀看那段影片多少次（十次？上百次？），絕望、不安，或許還有憤怒，同時在不成人形的疲憊中安慰自己說，他的孩子在生命結束時，至少是開心的。

「膽小鬼，眞是膽小鬼。他怎麼會以爲那樣就能解脫？」那個男人繼續往下說。他後來之所以接受兒子已不在人世，除了健吾的朋友也一起溺斃之外，還有第三個孩子選擇了自殺。不是說他存心詛咒另外兩個孩子，而是每個家庭都爲自己教育失敗的負罪感找到了開脫的方法。

他們家對健吾極其嚴格，常常否定他。跟他一起溺斃的那個孩子光太的父母則非常開放，認爲孩子可以藉由肯定清楚知道自己要什麼，不需要塑造任何假想敵。第三個孩子克博跟健吾和光太的個性截然不同，無法承受自己獨活的羞愧感，責怪自己非但沒有阻止朋友，還推了他們一把，讓他們玩得更瘋。

「雖然時間不同，但他們三個都死了，讓我們更加篤定不管我們怎麼做，結果都是如此。有時候，一個人離開人世，眞的只不過是倒楣而已。」

那個男人重複說了一次，語氣輕蔑：「只要一次失誤，一次就夠，像年輕時所有人都會犯的或大或小的失誤……」

倒楣，只要夠倒楣。他年輕的時候也是個笨蛋。他們呢？佑伊和毅小時候肯定也做過錯事，對吧？但是他們就沒事。那是因爲幸運，只是因爲幸運。

「我之前一直不好意思說實話。來鯨山花園這裡爲那些並不想死的人哭泣的人，恨不能窮盡畢生之力阻止危險發生。可惜一切都是命，命運半點不由人。」

本來應該對那個男人好言相勸或安慰他，然而他無法忍受沉默，鈴木先生、佑伊和毅根本來不及把話說出口。

「所有想說的話，我都對著那個電話筒說，而且說的不只這些。」他緊接著往下說。「我想到什麼就說什麼。我還罵他白痴。我滔滔不絕說完也沒人回應我，安安靜靜的。可是到了晚上，我知道這聽起來很荒謬，我會夢見他，他會一一回應我。彷彿被拆成兩半的對白本。」

佑伊相信那個男人說的，她自己也反覆做了同一個夢一整年，重新懷上她女兒的那個夢。毅則想起了他在睡夢中教導他女兒的事，所以他也毫無疑慮就相信了。

「我知道這不合邏輯，我這輩子從來都不記得自己做了什麼夢，可是我現在跟我兒子就是這樣對話的，在夢裡，也不能算是對話。我們是輪流說話，所以不會吵架，而且還有時間去想下一次要跟對方說什麼。」

櫃檯後面的鈴木先生擦乾手，將燒開了的水壺帶過來。他說對話是很美的一件事，無論是以怎樣的形式完成。

「像今天我就跟他說，他媽媽找到一本圖畫冊，收集了他小學時期的圖畫。」他從隨身包裡把手機拿出來找照片。

健吾站在正中央，手臂張得開開的撐在圖畫紙邊緣。那個男人說，那雙手臂擁抱的除了家，還有全世界。小男孩筆下的全世界比他的臉還小，是藍色的。

他妻子把這幅圖畫貼在廚房裡，準備晚餐的時候隨時可以看到，而他只要經過廚房，心都是軟的。他說，他每次看著那幅圖畫，就重新體會一次做父親的感受。

「即便子女不在了，父母的心依舊。」

20
第二天，佑伊在 Google 上搜尋「擁抱」這個詞彙的時候發現兩件事

京都國際電氣通信基礎技術研究所進行過一項研究，讓數目不明的一群人與自己的伴侶進行長達十五分鐘的對話，對話結束時有的人會得到伴侶的擁抱，其他人則不會。研究結果顯示，被擁抱的人血液中的皮質醇（壓力荷爾蒙）會明顯降低。

美國知名心理治療師維琴尼亞．薩提爾（Virginia Satir, 1916-1988）說過一句名言：**「我們一天需要四個擁抱才能活，需要八個擁抱才能維持生活，需要十二個擁抱才能成長。」**

21

那一天回程的路上，毅比平時多話。那個男人的故事讓他感觸良多。他還注意到那個男人在手肘、每一根手指、耳後和關節處都有嚴重的乾癬問題，常常伸手去抓。毅研判那個男人應該罹患精神官能症，需要長時間治療。

開車的佑伊反而沉默不語。

當天色漸暗，車外風景變成模糊一片，在車燈和路燈照亮下彷彿一團髒兮兮的黑。佑伊不愛看這樣的景物。疾行的對向來車，車燈讓她感覺到一絲不安。

毅說，他永遠無法像鈴木先生那樣聆聽其他人的故事，一個月聽一次是一回事，每天都聽是另一回事。

從隧道出來，道路在遼闊谷地中向前延伸。佑伊看向遠方，看向右側和左側的陡峭山巒。

「你記得那個男人說，他兒子畫圖時彷彿擁抱那件事嗎？」

佑伊點點頭，繼續看著前方道路。

「咲花會裝睡好讓人抱著她。」

佑伊立刻轉頭看著毅，時間久到足以讓對方感受到自己正在聽。

「她累了，心情不好的時候會這麼做。她很小的時候就會，把眼睛緊閉就以爲別人看不出來。」

擁抱能搞定好多事情，佑伊心想。**連骨頭都能被喬回原位**。

「她醒著的時候不肯被抱嗎？」佑伊開口問。

「可以抱，但比較害羞。好像覺得需要人抱這件事很丟臉。」

那一瞬間佑伊彷彿感覺到女兒那雙小手臂環抱著自己的腿，緊緊抱著不讓她走。「我要掉下去了，」她對佑伊說。「你要小心喔！」

爲了不哭出來，她只能沉默。

最近這段期間，別人的傷痛對她影響不如以前那麼大。她還是會難過，這讓她很不舒服，但她不會拒絕。她心裡知道那是好的徵兆。

「所以我都等她睡著，或假裝睡著之後才抱她。」在他們經過離開埼玉縣進入千葉縣的道路標誌時，毅這麼說。「我跟我母親說，她們在一起的時候可以這麼做。

她很少做擁抱這個動作，就連我小時候也一樣，但是我想她其實也喜歡。」

「你這樣做是對的，擁抱永遠不嫌多。」佑伊話一說完立刻思索，在現實生活中，平凡和眞實能有多契合。

「我始終覺得最好的擁抱是無意識的擁抱，爲了擁抱而擁抱。是出於私心，只想擁抱你的擁抱。」

「怎麼說？」

「我對我妻子明子就是如此。以前我在急診室沒完沒了地值晚班，通常回到家她早已經睡了。她會因此發脾氣，心情沮喪，有時候我們一大早就吵架，她說她嫁給我不是爲了一個人守在家裡。有時候她會氣到故意早餐把菜都煮糊了。」毅笑著說。「或許她希望我抱怨，這樣就能繼續吵下去，但是我從來都不說。」

「煮糊早餐？」

「對，就是煮糊。煎魚總有一面是黑的，吐司甚至整片烤到焦炭。」他說。「不過奇怪的是，如果晚上我擁抱睡夢中的她，我的意思是沒有把她吵醒，只是因爲想抱她而抱的話，第二天早晨我們就能互道早安，明顯感覺到她心情變好、很開心，也不會吵架。」

「那吐司呢？」

「當然不會烤焦！」

返回東京時已經快要天亮，毅和佑伊一致同意，**當人死後，最讓別人懷念的無非是亡者的執念，或微不足道、令人心煩的小事。**

「誰知道呢，」毅說，「或許是因爲剛開始要接受那些東西不容易，所以很難忘記。就像是如果有人每次都拿某件事情煩你，你會試著用那個人的優點來尋求心理平衡。有點類似不斷對自己複誦：『我愛這個人是因爲她如何如何……』」

22

如果毅晚歸，採取的報復行爲包括：

烤焦早餐的吐司、把家裡的鑰匙藏起來、故意把自己打扮得很可愛。還有，出門的時候拒絕在門口親一下。

明子想跟毅和好的時候會：

在家裡撞到他、假裝睡著然後在睡夢中被擁抱，吐司烤焦後笑著大聲說：「對不起，烤過頭了。」

23

佑伊始終沒有踏進鯨山花園的電話亭，但她每一次都想像自己走進去了。如果有人問她，她腦海中肯定可以浮現自己耳朵貼著電話聽筒的畫面。

毅跟他妻子（他會）陳述最近發生什麼事，他期待發生什麼事的時候，佑伊會在花園裡走來走去。

他們通常在十一點左右抵達鯨山花園，把車停在花園旁，向站在入口小徑上迎接他們的鈴木先生打招呼。每一次毅似乎都急著跟他妻子說話，彷彿唯有當他拿起電話聽筒的剎那，漫長的車程才正式結束。兩次過後，鈴木先生也注意到他的急促不安，便不再邀請他們一起喝茶。「我們晚點見，」他說。「我先進去。」然後他就返回室內。

毅快步走向電話亭，將身後的門拉上。佑伊照舊坐在長椅上等他，隔著短短數公尺距離，看他彎腰拿起電話聽筒，將手指戳進那十個小小的圓孔裡，撥打只有他才知道的電話號碼。

毅的身影被切割成諸多方框，佑伊將每一個細節記在心中。他挺直的身軀，長而削瘦的腿，膝蓋處特別瘦。夏天換穿短袖衣服的時候，一道道霓光灑在他的手臂上。透過最上面那一格方框可以看見他茂密的灰髮，神情愉悅。在所有這些方框中，她最喜歡的是中間偏下那一塊，可以看見他另一隻手，不是拿著聽筒的那隻手，那手指在層板上敲打，節奏輕快。不知道他想著哪一首歌，佑伊好奇地自問。

她看著那個身影越來越心軟，但每一次她都忍著不再多想。

等毅講完電話，他們才進去，如果鈴木先生沒有其他事急著辦，會跟他們一起喝杯薄荷茶或焙茶，搭配他們從東京帶來的香蕉形狀的甜點。他們會聊聊圖書室、收到的 email，還有各種因爲花園魔法而生的報導。

「有一名哈佛教授在他的臨床心理學課堂上拿風之電話亭當案例。」

「眞的？」

「對，好像他明年夏天會來鯨山花園，打算寫一篇長文，發表在美國某雜誌上。」

「恭喜鈴木先生，很有面子啊！」

「眞的，恭喜！」

在熱烈討論聲中，佑伊漸漸沒了聲音，頷首鞠躬後走出去。她想利用時間一個人在鯨山花園裡四處走走，沒有人說話，大家都想或許這次她會拿起電話。

但是佑伊只在花花草草間遊走，任風吹拂，把風當成一隻小狗，拉扯著她手中的牽繩只因爲來到人世間太開心。

走進電話亭裡跟母親和女兒說話的勇氣，佑伊始終付之闕如。站在門前，她就沒了力氣。她勉強活下來了，儘管沒有她們，她還是辦到了。

坐在東京的列車上，從一條路線換到另一條路線，佑伊都在心裡打草稿，想著自己要問女兒哪些問題。她離開電臺的時候，想像自己要如何跟母親聊聊這一集節目，一直重複說「總而言之」的那位專家，還是一聽就知道打來的是坐在馬桶上Call in的那名聽眾。說些有趣的事，例如新來的男同事約她但是她拒絕了。媽，其實他人滿好的，外表也很有魅力，但是少了什麼東西，怎麼說呢，我也不知道，大概是心思太單純，相處久了可能沒辦法理解我吧。

但她想起了自己最後見到母親的那個早晨，她匆匆忙忙把女兒交給外婆，因爲她要趕到城市的另一頭去更新駕照，女兒有一點發燒，不能去幼稚園。

她記得女兒的打扮，因爲是佑伊幫她穿的衣服。她母親呢？母親是什麼打扮？那天早晨母親身上穿了哪件衣服？

如果她住在小學體育館那幾個星期知道可以用風之電話亭跟母親說話，她或許會問：「媽，那天早晨你穿哪件衣服？是穿裙子還是長褲？什麼顏色？什麼花色？我想知道，這樣我才能告訴警察，這樣他們如果找到你就能立刻認出你，不能耽擱太多時間，因爲身分證件在你皮包裡，但是皮包不知道在哪裡。」

當他們開車經過大槌町，開始往鯨山上走的時候，毅如同之前每一次那樣問她：「你先用電話嗎？」佑伊微微一笑，垂下視線。

結果她還是跟往常一樣，在風的簇擁下，在花園裡沉思漫步。

一年後佑伊問自己是否做得到。她是否能夠拿起電話聽筒，在風中開口說話？

24
二〇一一年三月十一日早晨
佑伊的女兒和母親是什麼打扮

佑伊的母親：

有腰帶的米色外套，搭配黑色長褲、白色襯衫和一件白色淺褐色橫紋 V 領毛衣，有流蘇的黑色樂福鞋，還戴了一條 Yui 英文字母的細鍊。

佑伊的女兒：

綠色短裙配黑色內搭褲，上半身的白色毛衣右側有一個小熊圖案的口袋，背後對稱的位置則是同一隻小熊用前掌蒙住了眼睛。短襪上有貪吃的毛毛蟲圖案，白、粉紅色相間的運動鞋，每走一步都會有燈閃閃發亮。

25

幾個月過去，他們跟鯨山花園管理員鈴木先生日漸熟稔。鈴木先生知道他們的故事，也記住了他們的姓名和來處。兩個人都住在東京，她在廣播電臺工作，他是外科醫師。他有一個三歲的女兒和母親，她已經沒有家人。他三十五歲，她三十一歲。他們在鯨山相識，成爲朋友。他們會從一個月來一次、變成一年來兩次，持續三十年，即便他已經不在。

鈴木先生在十多個月之後察覺到這兩個人在談戀愛，但他並未向任何人透露。他常跟他妻子說：「愛情跟醫療一樣，你要相信才會奏效。」他太太回應說：「更重要的是，你得準備好投入才算數。」

佑伊和毅自告奮勇參加鯨山花園的活動，前提是活動得安排在他們原本計畫來的那幾天。爲了籌辦數場醫療人員培訓講座，他們也捐了一點錢給眾籌基金，那幾天會有許多人從日本各地前來。結果負面情緒管理課程變成了教導集體如何維護幸福感的交流。佑伊在廣播節目裡提到那幾次聚會很成功，鯨山花園讓她和在場的其他人，都在大槌町那座山丘上找到些許慰藉。

佑伊和毅漸漸發現風之電話亭在每一個人身上發揮不同的功能，大家的哀傷悲慟看似相同，聚在一起才發現其實截然不同。

有一個女孩每天晚上去那裡高聲讀報紙給爺爺聽，許多人只去那裡哭。有人會去安慰未被尋獲、無法安葬的亡者，或許沉入海底，或許埋在戰時挖掘的諸多萬人塚裡。還有一位母親在海嘯中失去了三個孩子，不甘於沉默，便說個不停，以塡補留下來的空虛。有一個小女孩打電話給她的小狗，想知道牠在另一個世界過得好不好。一個就讀小學的女孩想跟自己的同學說話，他沒死，只是在他跟著父母返回中國後兩人沒再見過面。她很想念一起玩耍的日子。

去那裡次數多了，就更瞭解人是怎麼回事。

並不是所有人的死都讓他人覺得遺憾。有人痛恨亡者，不願輕易接受死亡便是對他最終的懲罰。有人甚至認爲死亡是一種逃避，你溜了，丟下爛攤子，而我卻得承受你犯錯的沉重後果。例如自殺，很少有人能做到原諒。妻子不原諒丈夫，丈夫不原諒妻子。至於子女，年輕的時候離世特別殘忍。

毅認為對生還者、倖存者而言，死亡有一張臉。若沒有他們，死亡只不過是一個令人討厭的詞彙。令人討厭，但其實無害。

佑伊則有她自己發展出來的一套理論。有些人的人生從襁褓時期就有關節方面的問題，必須非常努力才能將不同部位接在一起。佑伊把腿、肝、腳、脾視為掛在那些人手臂上、肉眼可見的身體部位，就像「快樂外科醫生」遊戲裡病人尚待治療的病灶。只不過，突然有一天事情就好轉了，他們談戀愛、成家、找到收入不錯的工作，前程似錦，疾病看似有痊癒跡象。事實上，他們開始將自己一點一滴地託付給親戚以及可信賴的朋友，他們學會了殘缺不全其實才是常態，如果在自己的人生中還想做點別的，找人幫忙照顧膀胱或頭骨，實數理所當然。必須懂得依賴別人。

然後呢？發生什麼事？佑伊認為這時候就要看運氣了。如果他們失去了某個原本負責照顧某個重要部位的人，就再也無法重新恢復和諧狀態，會失去平衡。

佑伊覺得自己就是那些人的其中一個。她母親在死前負責照顧她的小腸，她女兒則負責照顧她的肺。所以不管她多麼努力追求幸福，每當她進食、呼吸的時候總是備感辛苦。

其實她錯了。如果她願意說出來，毅會解釋給她聽。

愛是如假包換的奇蹟。即便是後來出現的愛，即便是無心插柳的愛。

26
那些年佑伊託付給他人的身體部位

· 右手小拇，指託付給小學同桌同學。
（六年後完整無缺返回原位）

· 左腳，託付給國中最好的朋友。國中升高中的時候，把右腳和兩條小腿也都交給了對方。
（在好朋友遷居美國之後歸回原位）

· 右乳房、膀胱和臉頰，給了孩子的爸。
（被棄而不顧，因爲想念，所以取回）

· 脊椎，給了她工作的廣播電臺。
（至今依然交付委託中）

· 心，給了她的父親。
（他再婚的時候被揉碎了，花了很多年才復原，從此不再對他有所託付）

27

史雄剛開始閱讀父親那本《聖經》的時候，看到的都是名字。一個接一個沒完沒了的名字，把那些名字高聲朗讀出來彷彿各種聲響此起彼落。據說，那些名字囊括了全世界所有曾經存在、以及有一天會存在的人。還有數字，他無論如何也想不到數字居然可以如此強大。

不管是誰都會覺得那些名字是世界上最無聊的東西。然而那本集所有名字之大成的史詩鉅作卻讓他臣服，讓他坐在馬桶上低聲讀出一字一句。他帶著那本《聖經》待在廁所裡，靜心思索。再三複誦的內容變成一個個神奇咒語。

他在腦海中將《聖經》文字和海底過度擁擠、有礙前進的厚實海藻合而為一，全心專注在每一段論述中，他坐在馬桶上讀了半頁，想像自己的腳陷入最汙穢的爛泥中，可是他總覺得那就是踩在海藻上的感覺。

他永遠無法像父親一樣當個漁夫。他對這個想法堅信不移，而且是在小時候就有的念頭，應該是因為那是他第一次對父親感到心灰意冷。

《聖經》裡說到牧羊人和漁夫的故事，說到一隻狗和一枝木棍在山谷中引領羊群，也說到拉起魚網看到裡面有魚的奇蹟。史雄在想會不會是因爲這個緣故，他父親才特別愛讀《聖經》，因爲他在裡面找到自己。《聖經》說的正是他的故事，漁夫捕到的不是魚，而是海藻。

從小，史雄牙齒撕咬的就是海藻。他每次被迫跳進海裡迎向他父親的船，或朋友挑戰他從海灘出發比賽游泳、不得不游過淺水區的時候，就覺得反胃。他寧願從高聳的礁石上縱身一跳，冒著粉身碎骨的危險，也不想碰觸到那一片刺人的海藻。他必須一再地告訴自己再撐一下游過去就能上岸了，或是撐一下游過去就是深海了。

他討厭海藻，有魚腥味卻又不是魚，腐敗病懨懨的顏色，口感很像小孩子的鼻涕。還有味道也很噁心。他弟弟被欺負想要報仇的話，他知道史雄的死穴，會故意拿海藻丟他。

可是對他父親而言，海藻就是一切。他每天划船出去摘海藻、搬到岸上，像晾床單一樣把海藻鋪在固定於沙灘上的一枝枝長竿上風乾。史雄的母親和阿姨會接手做後續的工作：海藻風乾後，仔細包裝好寄往日本不同店家和市場販售。

父親過世後，史雄努力讓自己喜歡上海藻，結果失敗。他眞的全心全意努力過，甚至自告奮勇坐上船要去摘海藻。他告訴自己，習慣成自然，什麼事都可以養成習慣。

只花了一個星期他就明白，或許什麼事都可以養成習慣，但是守著痛恨的東西的人生太悲慘。只能虛度，不值得。

彷彿是爲了向他父親致敬，他決定另做選擇。不再努力當漁夫的他選擇讀醫，但他發誓一定要將父親放在床頭櫃上的那本神祕書籍，日復一日、年復一年不曾改變的那本書背起來。那本書是《聖經》。

史雄不是信徒，以後也不會是。或許他父親也不是。他認爲他父親應該是把《聖經》當作某種手冊，是來自異國文化的人生體悟，那異國文化是如此遙遠，永遠不可能全懂。但是很美，美到教人屏息。

史雄翻開被磨損的書頁，食指隨即一指就開始讀那無止境的名字、數字和故事。每一次他都會想起他父親，想到他父親極其荒謬的死法。

二〇一一年三月大地震那一天，大槌町外海的世界天翻地覆。大海彷彿一張往牆壁推擠的地毯，倒灌的巨浪高度令人暈眩，將他父親的船狠狠地拍向岸邊。而岸邊已經不復存在。

他乘著那波駭人的浪濤，返回了市區，越過當天早晨騎腳踏車出門走過的那條路、這些年進進出出的那幾棟大樓、他認識的人居住或上班的建築、從小幫他補蛀牙的老牙醫和洗完頭後會輕輕幫他按摩的理髮師。

他的船踰越了所有合理的界線，停在一棟被海水和瓦礫掏空的大樓頂端，卡住不動。

神奇的是船身完整無缺。維持詭異的搖搖欲墜的狀態，他的父親人在船上，經歷了從大海到陸地不可思議的旅程，整個人攔腰而斷。

佑伊和毅是在他們去鯨山花園的第二年夏天遇到史雄的。

他是一個身形瘦削的年輕男人，神情專注且聰明的模樣。爲了方便，頭髮剃了平頭，臉上戴著口罩。只有喝茶的時候才會露出嘴巴，以及斷裂的門牙，讓他開口時多了一份悲憤感。他總是斜背著一個背包，從來不離身，後來被發現背包裡裝著他父親那本舊《聖經》。

史雄來鯨山花園電話亭三年半了。每隔兩、三個星期來一次，常常跟佑伊和毅從東京出發前來的日子重疊。

他下午和晚上都待在醫院，他在實習，星期天早上會騰出兩個小時來風之電話亭，每一次都（怒不可抑地）更明白自己是怎麼一回事

鈴木先生知道史雄的習慣，他站得遠遠地看著史雄在花園裡走過來又走過去，站在夏日的風鈴草和初秋的石蒜間，望著大海出神。跟佑伊一樣，史雄也喜歡研究八、九月間在鯨山花園裡乘風飛舞的蜻蜓，吸飽微鹹的海風，數著花朵。

在花園踱步讓他想起他跟母親一起包裝的海藻，還有她夾進皮包裡那些當作書籤的葉子。即便是現在，打開家中書架上任何一本書，都可以找到一朵壓扁的紫羅蘭，或是一片五爪紅楓。

史雄特別喜歡站在那個至高點觀察停泊在港口的船隻。尤其是海面不平靜的時候，他入迷地看著船頭翹得老高，然後重重落下。他覺得，那個起伏就像是一種無關痛癢的頷首點頭，跟醫院護理人員爲了安撫病患，不管對方是誰所做的無差別回

應一樣：「對，對，你說得對。欸好，不然我們先這樣做，然後我解釋給你聽。好，好，我知道，就是說嘛。乖乖站起來，把手伸出來，把嘴張開等等。」那種做事方法讓史雄從內心深處感到很無奈，彷彿決定人與人之間關係的不是一個人的個性，而是年紀。

還有數字。在醫院裡，所有人都被約化爲名字和數字，跟《聖經》裡的世系家譜如出一轍。有時候史雄甚至懷疑自己是否適合在那裡待一輩子。

一天早晨，他們又在鯨山花園不期而遇，史雄說起這件事，毅點頭。在東京也是如此，跟醫院在小地方無關，或許史雄工作的醫院反而更貼心，因爲大家彼此認識。不幸的是，人越忙，就越不在意人與人之間的差異。會這樣的理由很簡單，如果重視每一位病患，勢必得打破慣性，工作若缺少慣性，長此以往便會筋疲力竭。

佑伊覺得史雄很厲害，有常人少見的敏銳度。毅則在史雄身上看到自己早年的影子：在急診室工作的時候，從一個病患身邊奔去看另一個病患，回到家腰都挺不直，只能在行軍床上睡兩個小時，卻覺得自己拯救的是全人類。

他們結交爲好友。毅總是盡可能撥出至少一小時聆聽並回答史雄的問題。他們常常一起去餐廳吃飯，佑伊自顧自的大啖海膽叫毅和史雄不要理她，那兩個人則翻開年輕人夾滿便條貼、寫滿筆記的厚重醫學書，討論個不休。

毅知道史雄父親過世，對自己扮演的角色很有使命感。他想幫助這個年輕人，怎麼幫呢？當史雄提到隔年有獎學金可以去東京進修的時候，毅心想自己終於可以眞的爲他做點什麼。他收集了所有可以申請的學校資料：這所大學你覺得怎麼樣？那所大學呢？他在史雄面前攤開他走遍東京特別去拿的簡章，一份份打開來跟年輕人一起研究。研究所呢？有沒有想過讀研究所？那個決定很重要，會改變你的職業生涯方向。還有，你想變成怎樣的醫生？幫病人看病的，還是做研究發表期刊論文的？還有，你懂英文嗎？英文是基本工具，不懂英文眞的不行。

史雄絕口不提自己的家庭，只說他讀了什麼書，他每天在醫院、路上和食堂裡看到什麼。對毅跟他說的每一件事都展現了高度的興趣。他想改變人生，他不想原地踏步！

直到一年後，佑伊和毅才知道他父親故事的眞相。

28
在史雄母親閱讀的書頁中
找到的三種植物

1.《論生命的意義》，神谷美惠子（美篶書房，東京，一九六六年出版），頁五十六，有一片日本紅楓。

2.《被遺忘的童話》，小川洋子撰文，樋上公實子繪圖，（集英社，東京，二〇〇六年出版），頁二〇，有兩根松針。

3.《石田徹也作品全集》，石田徹也畫冊（求龍堂，東京，二〇一〇年出版），頁五、三十三及五十，分別有兩朵紫羅蘭、一朵石蒜和一片蟬翼。

※ 史雄的本名是史織。有一天他在母親爲他準備的熱巧克力裡錯加了鹽，而非糖，之後便讓大家改叫他史雄，史雄的日文發音唸起來與鹽同音。

29

史雄拿起電話聽筒，開口說「爸」。他先問他爸爸好不好？在做什麼？然後問，爲什麼留在那裡不回家。說他弟弟越來越不愛出門，房間跟豬圈一樣，幾個姑姑眞的很煩（她們很好心，持續不斷地問說她們可以做些什麼讓弟弟不那麼難受，他怎麼會知道？）做父親的是時候該回來了，史雄要撐住一切，但是他一個人做不到。

歐多桑，父親，爸爸。史雄聲聲呼喚，反覆用同一句話求他，感覺把自己都掏空了。他甚至還出言不遜咒罵他父親。

「咒罵他？你怎麼知道？」

「他自己告訴我的。」鈴木先生在毅跟他談到史雄申請獎學金需要準備哪些文件的時候說。

「什麼獎學金？哪裡的獎學金？」

他們後來選擇東京一間醫學大學，史雄決定去那裡進修。獎學金可以支付註冊費、伙食費和宿舍住宿費。

「眞的？史雄要去東京？」鈴木先生一頭霧水。

是的，沒錯，毅和史雄都確認了。毅說，那個獎學金値得爭取。史雄的分數高，再者，雖然說起來傷心，但是他的孤兒身分也有利於爭取到獎學金。

「史雄還沒有準備好離開這裡。」鈴木先生說。

「已經過去三年了。」佑伊輕聲說，她很小心，不加入個人意見。

「不，我說的不是他母親辭世的事，那個他算是走出來了。主要是爲了他父親。那個男人需要他，他不可能拋下父親不管。」

拋下？什麼意思？毅覺得不對勁，鈴木先生話中有話。

確實很少，但還是有，鈴木先生說，**有人來鯨山花園不是爲了跟亡者說話，而是跟生者說話。**

佑伊跟毅詫異不已，互看一眼。他們沒有誤會，史雄的父親的確沒死。鈴木先生見過一次，那一次史雄好不容易把他帶來，希望他能重新找回自己。

二〇一一年三月十一日，史雄父親的船沒有駛向岸邊，反而奔往外海，乘浪避開了海嘯襲擊。然而最終不敵浪潮，他的船以那個詭異的方式擱淺在城市裡，像凱旋標誌一樣高掛在大樓頂端。過了這麼些年，大樓上的小船成了那場災難中的代表畫面之一。

那時候整艘船被驚天巨浪拋向空中再重重跌落海面上。男人臉上的驚恐表情，是後來才聽別人說的。那天在船上不只他一個人，還有一名女子。

真正讓他心力交瘁的不是剛開始駭人聽聞的海嘯，而是幾個小時後，海水持續後退只留下一片死寂籠罩海灣區。在滿目瘡痍的廢墟中，史雄的父親發現十多具屍體，或被木頭刺穿，或肢體殘破，像某些畫中場景。或死不瞑目，像戰場上陣亡的士兵。

躲在船艙裡的那名女子勸他離開那裡，否則有些事情會永遠忘不掉。但是他說外面有人死了，有人跟螞蟻一樣溺水，萬一有人還活著，即便只有一個，他都必須把人拉上來。

他試圖用釣魚竿和漁網撈起頭部有明顯撕裂傷、浮在水面上的一個少年，但沒有成功，那個少年穿著與他兒子同一所中學的制服。當他看到載浮載沉的汽車裡一名襁褓中的幼兒和母親時，哭著用手遮住眼睛。像盒子一樣的汽車有數十輛、上百輛，是讓許多人溺斃的死亡陷阱。彷彿國定假日園遊會中被人撈起的一條條小紅魚，還沒來得及回到家已經在塑膠袋裡翻了肚皮。

時間一分一秒過去，史雄父親眼睜睜看著大家全都變成海中生物：四肢枯瘦的老人是螃蟹，被潮水捲走的人是鯉魚，張著嘴像在搶食。突然間住家和商店變成了礁石和救生筏，若不想被淹死就得緊緊抓住。

最糟糕的是他誰都沒能救起來，包括那個被沖到船邊的男人，奮力想要爬上他的船，直到最後一秒。

史雄的父親一見到那個人，就覺得他很眼熟。五十多歲，全身濕透，只有頭頂一小圈頭髮是乾的，說明他如何堅持不放棄。

「加油！」他反覆高聲對那個人大喊，那個人一個字都說不出來。他們勾住對方手指的時候沒說，史雄父親害怕自己被拉進水裡，放棄救援的時候也沒說。那個男人被海水沖到一棟只剩下骨架的民宅後面，水中身影越來越小的時候，史雄的父親想起來了。那個男人是他每個星期六下午結束工作後，回家前都會去光顧的那家麵包店的老闆。那個男人總吹噓自己做的波羅麵包全日本最好吃。

據說，史雄的父親將一具屍體誤認爲是他的妻子。也有可能他眞的看到她，悔恨愧疚讓他從此一蹶不振。

事實上是他的無能爲力毀了他。那個女人說得對，有些東西永遠忘不掉。

從那天起，他就呈現癡傻狀態，變成了一株海藻，以前被他撕開後分成兩半，分頭掛在木頭長竿上風乾的海藻。他的身體無恙，但是魂沒了。

如今，史雄去風之電話亭跟依然健在、住在同一個屋簷下的父親說話，而不是跟被宣告失蹤的母親說話。他拒絕打電話給她，因爲他說，她肯定在某個地方。史雄偷偷透露，有一天，她會回來把分成兩半的父親重新黏起來。史雄甚至懷疑那是他母親的報復，報復那個背叛她的男人。所以她把最好的那個部分帶走了。

之後五年，在兒子眼中，父親變成了諾亞。

「這個故事眞教人難過，」佑伊低聲說。「沒有辦法……」

她想說修復，但沒說出口。

自從她搬去東京之後，每天看著那些跟壞掉的玩具一樣遊走在人群邊緣的人，他們遊走在固定時間設訂鬧鐘起床的上百萬人的生活邊緣，循規蹈矩在月臺上排隊，跟大家同步上下列車，每天說十多遍早安和辛苦了，苦水往自己肚子裡吞，同時吞下他人的苦水，沮喪灰心，等最後一班列車抵達終點站後再度站起來，重新出發。

她又想到小學體育館裡那個拿著畫框的男人，心軟了，雖然她明白那是兩個截然不同的故事。

毅也沒有急著表態。

「正因爲如此，離開一陣子對他不會比較好嗎？」

他始終相信距離就是美感。

「有時候換個環境會有幫助，即便只是爲了讓人想清楚發生了什麼事。」他補了一句。

「大家試過了，可是史雄每次都拒絕。剛開始他都會同意，之後就放棄。他相信有一天他父親會清醒過來。」

「有可能嗎？」佑伊轉頭問毅。

「方法得宜的話，不是不可能，但是要花很多時間……」

那一天，在回東京的路上，佑伊和毅沒什麼交談。

自從他們往返鯨山花園，便開始以不同視角看待人性。有好多人的人生在鈴木先生的咖啡館，和咖啡館外大槌町和鯨山的路上跟他們的人生產生衝撞。有些人的人生還會與他們的人生產生連結，像是史雄。

爲什麼那個年輕人對他父親的事三緘其口？爲什麼他要說他父親死了？

或許只是因爲，就某方面來說，他覺得他父親比他母親更無生氣。或是換個比較俗套的說法，是因爲他覺得丟臉，不光是爲他父親感到丟臉，也是爲他自己的反應感到無地自容。他寧願用淺顯易懂的悲劇，讓自己留給別人一個好印象。

「等他覺得時機對了，會跟我們說的。」回到東京的時候，毅打破沉默。

「嗯，我也這麼覺得。」佑伊立刻回應他。

他們之間，似乎越來越不需要多做解釋。

30

史雄最喜歡的《聖經》段落

過了四十天，諾亞打開他在方舟上做的窗戶，讓一隻烏鴉飛出去。烏鴉飛去又飛來，直到地上的水都乾了。諾亞再放一隻鴿子飛出去，看看水是否從地面退去。那隻鴿子找不到枝椏落腳，便又飛回方舟找諾亞，因爲地面上仍然到處都是水。諾亞伸手將鴿子接進方舟內，等了七天，才又放鴿子從方舟飛出去，天黑後鴿子飛回來，嘴裡叼著一片橄欖新葉，於是諾亞明白水已經全部退去。他再等七天，重新放鴿子飛出去，這次鴿子沒有回來。

——《創世紀》（8, 6-12）

31

女兒出生的時候，佑伊慌了手腳。那樣一個小生命什麼都需要，需要專屬食器，需要放聲尖叫，需要有裝滿的冰箱，需要聽搖籃曲，需要打疫苗。佑伊匆匆適應一切，儘管她對那些實際操作絲毫不熱衷。

她填寫親子健康手記，那是市政府在她女兒出生前發給她的母親和寶寶專用筆記本。懷孕期間每個星期都要記錄體重和血壓。女兒出生的時候她在手記裡寫下：重兩千七百三十九公克，長四十七公分。她還另外寫下注記：四肢都有五個指頭，栗子色頭髮很茂密，跟發瘋了似的哭個不停。

凡是失去過至親的人，到了某個時刻都會自問：學會和遺忘哪一個比較難。佑伊以前說不出來，但是現在她會篤定地說後者，唯有遺忘才能學會堅強。

女兒死後，佑伊在親子健康手記裡的所有空白頁上，用麥克筆從左下角拉到右上角畫出一條對角線。她讓自己做了好多事，身體力行的事，即便大腦無法思考，身體持續動作也能有所幫助。有時候她還是會數著手指計算再過幾個月得打下一次疫苗，想著應該給女兒買什麼東西，然後她明白大腦一旦學會，要放棄已經吸收進去的，並不容易。

拿到臍帶讓她有些無措。大家迷信說臍帶可以消災解厄，生病的時候，只要把它磨成很細的粉末，讓病人呑下去，還可以從死神手中搶回一命。

分娩後第二天，裝著臍帶的小盒子就交到她手中，盒子沒有關，因爲得讓臍帶慢慢陰乾，以免發霉。

佑伊雖然天生隨興，還是特別細心保存。她打算遵循傳統，在女兒結婚那天轉交給新娘。

她將已經發黑的臍帶整塊放進母親和女兒共用的骨灰罈裡，沒有搗碎。她帶走了她們兩個人的骨灰，共用同一個骨灰罈，讓她們繼續相依。就像祖孫二人被發現的時候那樣，彼此相擁著。

「彼此相擁？」毅小聲問，語氣有些遲疑。

佑伊點點頭。她開車從鯨山花園準備返回東京。

那天天氣很好，他們跟住在附近的人一起烤肉，還有三十多個人從大槌町過來，其中包括七個小孩。養狗的那位老婦人也來了，還帶了紅豆餡的炸甜甜圈來，告訴大家說她的德國媳婦懷孕了。鈴木太太準備了好吃的散壽司。心情愉悅的慶太宣布他通過大學入學考試，會跟他母親一樣成為東京大學學生。

或許是因為那天很開心，或許是因為那天碰巧是他們兩個的週年紀念（「兩年前的今天是你們第一次來這裡，記得嗎？」鈴木先生拿出風之電話亭的訪客登記簿給他們看）。佑伊覺得自己夠堅強，可以說出口。

「對，她們彼此相擁著。」

佑伊告訴毅，救災資訊中心通知她說可能尋獲她母親和女兒，有鑑於遺體狀況，需要她前往辨識或驗 DNA 才能確認的時候，她想到自己會見到她們就嚇壞了。萬一從此她只記得她們最後的模樣怎麼辦？

但是唯一的安慰也是看到了她們，讓她的希望成真：她們互相作伴，並非孤單死去。

「他們說有一張照片要給我看，如果我想看的話，由我決定。我請他們先說明是怎樣的照片，他們說找到我母親和女兒的時候，她們是抱在一起的，看起來彷彿依然活著，雖然傷感，但是那一幕讓人動容。每一個看過照片的人都感動不已。」

對，她們被找到的時候彼此相擁，像一個緊閉的蚌殼。

「那個擁抱太美，我不知道怎麼說，就好像我母親的手環抱著我女兒，看起來像睡著了。」

當搜救隊找到她們的時候，按照慣例伸手測試頸部是否有脈動，以及滿是煙灰的鼻孔下是否有氣息，然後很有遠見地想到說不定她們還有另一個親人（兒子或女兒？）。如果那個人依然健在，搜救隊員是這麼想的，應該會希望看到她們。

於是他們拍下一張照片，然後才將兩人分開。

「他們很聰明。」毅看著窗外說。經過一段漫長山路後，現在左側又可以看到海。離東京不遠了。

當佑伊看到大海出現在眼前時，放慢了車速。

又想吐?她剛反應過來，便急忙伸手去拿巧克力。但是這次反胃特別嚴重。

「停車。」毅立刻說。他伸手指給她看前方一個可以暫停的空地，彷彿將那塊空地捧在手心裡送給她。

佑伊匆匆下車，掛在車上的鑰匙還在晃蕩。

她摀著胸口，直視大海。

看啊，那是大海，再看一次。她看著大海，所有東西都在大海裡。

那裡海水不斷進逼，瓦礫如積雪堆在路邊。

那裡有體育館內屬於她的二乘三公尺的鋪蓋。有那個瘋子透過畫框觀看世界的另一面，口齒清晰說那裡是：「不會吃人的世界。看海不看電視的世界。」

那裡有只會出現在太平間裡的屍體，是無以名之的塊肉。一顆顆牙齒被拔出來以查驗身分。

那裡是海，是佑伊每天眺望的無垠大海，她抱著那株大樹，同時抓住了世界上最牢靠的東西，也就是她雖然不情願但依然擁有的生命。

那些畫面，一個接著一個，從頭開始再度一一出現。在內心深處推擠，彷彿想要破繭而出。

自從她覺得反胃以來，那是第一次佑伊沒有忍住，嘔了出來。

在一聲又一聲嘔吐中，佑伊似乎擺脫了海水和瓦礫的糾纏，她努力忍了多年不吐，是因爲害怕跟著噁心的嘔吐物一起離開的還有記憶。例如，女兒出生那天；或是教會女兒說「好」，不再只會說「不要」時的喜悅。每天早晨輕輕吻醒她的滿滿幸福感。還有她母親的手，在佑伊出門的時候總是放在她背上，對她說：「路上小心。」還有那句說了無數次都快聽膩的：「孩子，你眞是我的好女兒。」

毅一手貼著她的額頭，不發一語，另一隻手握著佑伊越來越長、越黑的頭髮，只餘髮尾一圈是金黃色。

當佑伊的身體裡除了空氣什麼都不剩的時候，她蜷曲著身子，覺得需要擁抱自己。

她沒哭，眼睛始終盯著大海，她相信，也會進一步驗證，從此以後她不會再反胃，再也不會了，儘管她之前自暴自棄以爲永遠好不了。

她錯了。好事固然會有盡頭，壞事也是如此。

毅一直站在她身後，以免擋住她看海。在她嘔吐的時候，他由下往上輕撫著她的背，想讓她把那些說不清的東西順利吐出來，之後改爲由上往下輕撫，好讓她在吹不停的風中呼吸順暢些。

「我很幸運。」佑伊情緒平復後低聲說，她心裡清楚，事實如此。「至少我見了她們最後一面。」

有人尋找家人遺體多年不得其果，最後只能放棄。有些東西你若不看一眼，便永遠無法放下。

或許因爲那段路特別漆黑，佑伊坐回車上重新出發返回東京前，看著沿著山壁往下流的那攤惡臭穢物。

「黑色瀝青。」

黑色、油亮，像童話故事裡的惡魔。

「我沒注意顏色，佑伊，不過……」

「很像恐怖片，對吧？你可以直說。」

「老實說，我從沒見過像你吐成這樣的。」

他們一直笑到東京，因爲那直言不諱的描述，像卡通片裡的嘔吐法，他們不得不再次把車停在路邊，笑個痛快，笑到落淚，笑到捧腹。笑到喘不過氣來。

32
婦產科醫師告訴佑伊
關於臍帶的傳統習俗
幫助她分娩

「至今日本仍保留古時候的習俗，在分娩後將臍帶交給母親。懷孕期間靠著臍帶將養分從母體傳送給寶寶，所以臍帶跟胎盤一樣彌足珍貴。

「據說臍帶也可以當作護身符，保護即將出生的嬰兒一生順遂。以前母親會在兒子上戰場前、女兒出嫁前，再轉交給他們。

「相傳如果得了不治之症，可以把臍帶磨成粉吞下去就能救命。很美，對嗎？」

「就這樣放著，你現在看是白色的，亮亮的，明天就會乾掉，變成褐色，大小跟榛果差不多。」

33

「實用的東西有助於恢復秩序。」

這是一段長篇大論的開場白。毅從他母親的雙手維持半小時靜止不動，看出端倪。

「你看啊，電話就是一個實用的東西。」

毅清空晚餐剩菜，集中碗盤之後一個個疊起來，幾枝筷子收在手裡。

「我看到風之電話亭的照片，那臺電話跟我那個時代的電話很像。其實也跟你那個年代的電話很像，對吧？中間那個部分很像項鍊，像念珠。」她假裝自己手腕上戴著念珠的樣子。「就是和尚拿著的那種，你知道吧？」

一句話裡藏了多少隱喻？

毅嘆了一口氣。他從餐桌旁站起來，他母親坐在那裡剝橘子。晚餐結束，橘子的香氣隨果皮散發出來，他把碗盤放在水槽旁。

他母親不是那種不讓男生進廚房的女性。她撫養毅長大，從來不覺得兒子和女兒之間有何不同。

毅低聲說了無數次的「沒錯，是，當然，就是這樣」，還有其他不成句的單音。但是這些回應通常無法成功安撫她。

「你看著好了，她總會好的，她總有一天會想出門，會想玩耍。她這個年齡就應該玩耍，必須玩耍。」說到後來她每句話的重點都落在「應該」。「她如果現在不玩，什麼時候玩？」

「我知道，但是這種事情需要時間。小兒科醫師也這麼說。」毅打斷她。

小兒科醫師這麼說過？真的嗎？他不記得了，或許說過，但他也不是那麼確定。反正他知道他母親需要第三者的專業意見，而且最好是男性，才能讓她不再胡思亂想。

「但也不能拖太久。時間會讓某些事情過去，也會讓某些事情埋得更深……如果一直這樣，之後會留下後遺症。」她反駁。

咲花將近兩年不肯開口說話，要說是心理創傷，實際上遠不只於此，談癒合並不容易。但是毅沒有說出口，他覺得如果有人堅信光靠一樣東西就能讓一切復原，就讓她繼續那樣想吧。

「她一定會好的，我有把握。你帶她去鯨山花園，跟她說那是怎麼回事。」

窗外的天空彷彿傾倒在山巒上，雲朵遮掩了富士山的輪廓。下面是鐵路，兩兩一組的鐵道往前延伸，忽近忽遠。在妻子死後，毅曾想過換房子，但是發現自己愛上了窗外每天看起來都不一樣的風景。

「從你第一次跟我說那個電話，我就立刻聯想到佛壇。你想想，佛壇也跟死亡這個想法有關。就好像家裡永遠都有一點死亡的氣息。」

佛壇，毅同意。日本很多人都習慣在家裡擺佛壇。有人不擺，因爲要花心力整理，但是這麼做肯定有助於熟悉死亡，也可以跟過世的親人建立某種特別的關係。

「像我小時候，大人就讓我明白有些東西存在，只是我們看不到。那些從我們生活中消失的人也不是全然消失。像我的外祖父母，他們早在我出生前就死了，還有我的兩個哥哥，在我母親生下他們的時候就夭折。沒錯，他們是隱形的，但並不是啞巴。而且他們會走動，從廚房或臥房到客廳，或到佛壇上。今天他們在那裡，明天他們跑來這裡。」

毅點點頭，回想自己在唯一一張照片中看過外曾祖父母的模樣。那個時代的照相風格很嚴肅，坐著的女子身穿和服，男子站在她身旁，臉上表情正經肅穆。毅漫不經心地問自己，不知道微笑什麼時候開始成爲照相的常態表情。

「這些東西是小時候透過魔法或我們溫和不激進的宗教學會的，」她接著說。「還有我告訴你啊，跟我死去的父母說話比跟活人說話容易多了。他們以前老是說：『囡仔人，有耳無喙。』不讓我說話。但是你想想看，在他們面前我永遠都是小孩子，我越想越覺得好笑。」

毅收拾桌上的橘子皮，丟進垃圾桶裡，順便動手整理做垃圾分類。

「佛壇是一種寄託，我就覺得你父親始終在身邊。」

毅想起母親常常跟父親說話，父親在她四十歲的時候過世，結婚時他五十歲，比她大了二十歲。他記得最清楚的是母親無止盡的情緒發洩和父親面無表情耐心聆聽的樣子。她在餐桌上把自己累積一天、裝得滿滿的沙桶整個傾倒出來，而他則在沙堆裡翻找，讚美每一個需要放大才看得見的貝殼，讓她快樂。

如今，跪坐在他也安息其中的佛壇前，母親挺直背脊，點香，放上點心和米飯，然後呼喚他，要他像生前那樣聽她說話。做兒子的常常發現母親在榻榻米室的佛壇前睡著，姿勢扭曲，頭抵著拜壂。

「也對，你說得沒錯。你父親就喜歡我這樣，話多，生活亂糟糟的。」她聽到毅提起往事的時候開心地回應。

於是，笑聲伴隨著這句回答，讓她從每次覺得自己太老或太笨做不好事情的沮喪中振奮起來。

「要不要帶咲花去鯨山花園這件事，我會詢問一位朋友的意見。」毅回到一開始的話題，然後跟母親道晚安。「或許可以一試。」

「你是說每次跟你一起去岩手縣的那個女生？」

「對，我說的是她。佑伊對那個地方比我熟。她會跟我說她覺得適不適合帶孩子去。」毅結束這個話題。「走吧，該睡覺了。」

他關掉照亮廚房一角的天花板燈，陰影退散。

34
毅對父親記憶最深刻的十件事

- 他們第一次登上東京塔，看見這座城市原來這麼大。
- 在餐桌上一直轉開又旋緊瓶蓋的怪癖。
- 用手指敲打各種東西的方式。
- 解釋給他聽小孩怎麼來的時候，一付慌慌張張令人發噱的態度。
- 那幾次他躲起來打電話給妹妹。跟她交談時壓低聲音，說得又快又急。
- 父親從義大利帶回一輛法拉利小模型車送他。
- 看到他第一次、也是唯一一次哭泣，因為妹妹死了。
- 那一次他們一起去淺草看落語表演。
- 那天他們發現他坐在沙發椅上，動也不動，報紙掉落腳邊。看起來像睡著了，其實是心臟病發。
- 躺在棺木裡的他面容平靜，周邊全是花（主要是百合花），還有他鍾愛的甜點（紅豆沙麻糬）和交錯擺放的追思語。

35

毅很快就發現他妻子明子主要是想教女兒學會信任。

當然，她跟所有焦慮的母親一樣，也時時刻刻擔心女兒遇到不好的事。尤其擔心那個不好的事來自其他人。「我比較不擔心不好的東西。」不好的東西可以是飛來橫禍。例如，斜坡上翻滾而下的汽車。路人的目光，還有一個老先生的猥褻表情，都讓人對年幼的咲花放心不下。

儘管如此，在害怕和信任之間，明子依然選擇了後者。

毅記得自己跟妻子唯一一次爭執，是有一天他們在母女二人常去的咖啡館吃完早餐的回家路上，咲花走向路邊一個遊民，把畫拿給那個人看。他大叫：「小心，小心！」而明子不但沒有把女兒拉開、離遊民遠一點，反而讓她在人行道旁坐下，跟那個人天南地北地聊了起來。

應該要讓小孩建立一點危機意識吧，難道她不懂？那天晚上一等到咲花上床睡覺，毅就開口說，大人要教啊。

小孩無法辨識危險，也不明白死亡是什麼。咲花看到昆蟲屍體，會以爲蟲子在睡覺，如果大人過平交道時不牽著她的手，說不定她會張開雙臂跑著迎向火車。

不會！明子大聲反駁，如果對人、對生活充滿畏懼，只會讓小孩更軟弱。在她能夠分辨之前是需要大人保護，但更重要的是讓她體會快樂。

「我們要懂得愛生活，毅，人必須學會信任他人。不要讓她學會恨，恨並不能讓人找到出路。」明子最後低聲說道。

然後她緊緊擁抱著丈夫，這是她跟咲花相處時學到的，每次小女孩鬧脾氣但又說不清楚爲什麼的時候，她都這麼做。

那天晚上他們做愛，想著或許是時候給咲花生一個弟弟。事隔三個月，命運開了一個玩笑，爲了確認是否懷孕，明子發現自己罹患了癌症。

每個人的童年都會結束。每個小孩有一天都會死。

咲花也不例外，她父親這麼想。所以要快點讓她恢復。

當時初爲人母的明子不得不放棄工作，這對她來說是不小的打擊：爲了唱歌，她從四歲就開始拜師學藝，可是懷孕期間各種問題讓她不得不臥床五個月，被迫中斷練習。雖然一切出於自願，毅跟奶奶也隨時樂於接手照顧咲花，但是明子仍然不好過。但她知道這是她應該做的，沒有人要求她這麼做。

咲花出生後，明子跟女兒開始一種極端緊密的共生狀態生活，媽媽對寶寶的需要更甚於寶寶對媽媽的依賴。明子覺得自己休息太久，失去了重回職場的勇氣，職業生涯中斷，造成她極大的心理負擔。但是她對咲花的愛無限，她常說只要跟女兒待在一起就開心。

她可以請婆婆幫忙，婆婆住在附近，而且沒有工作，但是大人在她小時候就跟她說「選擇決定存在」，她想知道自己做的那些選擇會得到一個怎樣的人生。而且婆婆的叨念也讓她備感辛苦。婆婆不喜歡她拉毅的衣角，或在飯後輕撫丈夫的手。婆婆糾正咲花的行爲，或大力摸孫女的頭把她每天對著鏡子幫咲花梳理的髮型弄得亂七八糟，也讓她不知所措。她吃醋，以至於婆媳之間產生類似爭寵的競爭關係。

做婆婆的其實很欽佩媳婦。老太太不大懂她，不懂明子爲什麼今天很失落明天又神采奕奕，不明白爲什麼一個人會有這麼多面向。新嫁娘大多時候還是樂觀的，光這一點就讓老太太覺得不可思議。

毅的母親花了二十年時間爲自己辯解，爲何讓兒子忍受了多年自己的歇斯底里，特別是她丈夫過世後那段漫長的混亂時期，因爲她得獨自面對生活，而在那之前她從未眞正插手過。唯有回想起她在成長過程中遇到的困難，才原諒了自己。

想想她兒子居然能大學畢業（而且是醫學系！），簡直是奇蹟。那也是每一次她懷疑自己虛度人生時反覆告訴自己的事：我有一個大學生兒子！能救人一命的兒子！

但是她跟朋友和陌生人說起來，不會讓人發現她對她兒子的成就感到多麼意外，彷彿一切都是理所當然，在外人看來她就適合某種風格的生活，理應住在中目黑區的豪宅裡，入口玄關永遠有鮮花，孫女就讀私立幼稚園。

也是因爲這個緣故，因爲她那麼辛苦走過來了，又累積了一定的名聲，所以兒子找一個好伴侶，爲她找一個乖巧的媳婦，是最基本的要求。

於是乎明子就像來到班克斯家的保母包萍，看到那個聲音動聽的女孩如何照顧毅和孫女，尤其討她喜歡。明子持家一絲不苟，從來不會忘記該慶祝的日子或繳交水電費帳單，但是又漫不經心，有一種與生俱來的隨興，不會因爲任何錯誤而耿耿於懷。

對，那是明子最大的優點，不會讓世界原地踏步。跟老太太不一樣，就算事情不順自己的心意也不會找麻煩。這個媳婦就是吃的有點多（她熱愛香蕉奶油泡芙，老太太實在不覺得好吃），對毅和女兒親個沒完，還有感情過於豐富，跟某些為了家庭放棄自我的女人一樣，但是她的笑顏逐開和對人的信任實在難得。儘管老太太再怎麼努力，也無法像她那樣勇往直前。

可是後來明子生病了，彷彿突然間一切掉在地上摔個粉碎。

¶

喪禮過後兩個星期，他們發現咲花依然沉默。毅的母親擔心那是她失去所愛的直接反應。如果終有一天會失去，或許還不如從一開始就放棄？她這麼問，得不到答案。

剛開始，為了給自己打氣，她心想反正還有自己在呢，她這個奶奶還年輕，而且健康。

毅不大介入，他把咲花當成易碎品對待，很怕把她弄壞。老太太也沒好到哪裡去，幾個月下來她面對那個不出聲的小女孩隱隱約約生出一種畏懼感，不知道咲花在想什麼。

咲花會不會永遠帶著失去那位獨樹一格母親的印記在身上？

老太太站在孫女的房間門口，邀她去散步，一起看電視，小女孩搖搖頭，繼續一個人摺紙，一個人看繪本故事書。她特別喜歡看窗外火車經過，穿入住宅區後消失的無影無蹤。

那個位子是她母親的，咲花不願意別人去坐。

毅的母親只期盼明子來得及把自己的樂天和灑脫傳給女兒。

想到兒子常常說起的那個新朋友，她略感安慰。她只知道對方的手機號碼和Line上面的頭像，是一個穿著紅色衣裙的舞者騰空飛躍。她不知道他們之間有沒有什麼，很難說。她有時候會給自己打氣，說不定那個朋友可以修補他們原本美好、而今有了瑕疵的家。

於是她每天在佛壇前禱告的時候，開始提到那個人的名字。

36
咲花和明子最喜歡一起做的十加一件事

· 在火車經過平交道的時候數車廂然後數到忘掉經過了幾臺。

· 把電梯裡所有奇數樓層按鈕都按下去。

· 一邊說：「阿康貝！貝螺貝螺貝！」一邊吐舌頭。

· 跑去台場的森大廈俯瞰東京，互相問：「我們家在哪裡？」然後隨便亂指一通。

· 玩搭火車遊戲。
（咲花抓著明子的皮包背帶當成握把，然後明子喊：「嘟嘟！火車開動！」）

· 在櫻花盛開的季節一大早就出門，趕在觀光客到來之前，在中目黑區的河邊跑來跑去。然後擠入觀光客人群之中，說一種自己胡謅的語言。

· 說：「吃得跟大象一樣飽。」

· 搭京王電鐵井之頭線到永福町吃披薩。

· 下雨的時候張開嘴巴，然後說：「眞好吃！主廚眞厲害！」

· 跟每一家餐廳和民宅旁路邊的日本石雕狸貓打招呼。

· 在咖啡館點三種不同口味的蛋糕，把每一塊蛋糕切成五塊，玩剪刀石頭布，贏的人吃第五塊。

37

你覺得如何？我們可以試試看帶咲花去鯨山花園嗎？

當天晚上毅就傳簡訊詢問佑伊的看法。

佑伊的回答是她不知道。但她覺得或許應該先跟小女孩解釋風之電話亭是怎麼回事，跟她說車程，說那個花園，說她父親去了之後的感覺。總之，先把故事說給她聽。然後，如果她覺得好奇，就邀請她下個星期日跟他們一起去。但是不要勉強她。

就這樣。毅聽從佑伊的建議。

晚上，讀完睡前童話故事，毅又讀了另一本書，是一位日本插畫家以鯨山花園為主題完成的繪本故事書。

毅跟咲花說，他如何跟咲花的媽媽說話，告訴她咲花好不好，他好不好。他感覺咲花的媽媽就在身邊，而且他相信她有聽到他說話。

至於車程？嗯，要坐好多個小時的車，但是沿途風景很美。

「可以看到大海，咲花，你不知道冬天的海有好多顏色。」

那天晚上，佑伊想起五年前的某個星期五。

那時候她女兒還不滿兩歲，她們搭火車，女兒一直尖叫，佑伊努力安撫她卻不見成效。現在回想起來，很難說女兒是因爲開心或不開心而叫，是因爲她想要某個東西而佑伊沒能滿足（一塊餅乾？還是手機？），或是因爲她太興奮，並且用自己的方式企圖表達她的感受。問題是她的聲音實在太大聲，整個車廂都被震動了，而且沒有要停止的意思。

這時候有人大喊：「吵死了！安靜，安靜。」

她環顧四周，看到一個大腹便便的男人，他頂著一頭亂糟糟的白髮，細框大眼鏡下的眼睛看不出善意或惡意。就只是一雙眼睛。

佑伊把頭轉回來之前，不假思索的脫口而出：「抱歉！」她習慣先開口道歉，帶著小孩必須儘早學會低頭，請別人原諒。反正只是一句話而已。

現在回想起來，眞正讓人訝異的是大家的反應，還有她女兒的反應。車廂裡籠罩低氣壓的沉默，大家都屏息以待不發一語。然後，從車廂另一頭，有人開口唱歌，佑伊只看到那個人一點花白的頭髮。

「大象，大象，你的鼻子爲什麼這麼長……」

在哄笑聲中，歌聲稍微有點抖。讓人意想不到的是那首歌唱到第二小節的時候，有一個人開始唱和，然後第三個人也加入合唱。佑伊很感動，彷彿看到一頭眞實的大象出現在眼前，有長長的鼻子，粗粗的腿等等。

她和女兒就像是參與了一場歡樂派對，後來全車廂的人好像都加入了合唱行列。

佑伊關掉床頭櫃上的燈，臉上掛著微笑，心想她女兒眞的擁有神奇的力量。不對，應該說所有的小孩，無一例外，都有能力誘發各種神奇的反應。

38

那天晚上
毅讀給咲花聽的繪本

井本蓉子，《風之電話亭》，金之星社，東京，二〇一四年出版。

39

「你要自己去？」

她的下巴都碰到脖子了。她很篤定，對，她點頭確定。

「真的要自己去？你確定？」

問題反覆循環，來自她父親的聲音和眉毛。他的眉頭皺起又舒展開來，似乎無法決定怎樣的答案才是正解。

「我還是陪你走到電話亭那裡，再把聽筒交給你吧。」

咲花沒有動搖。她彎下腰，掙脫父親的懷抱。

做父親的也壓低身子蹲下來，覺得自己晃了一下。我老了？他問自己，我可不能老，至少要等二十年之後才能老。

他抬頭看著鯨山花園另一頭，佑伊將必備的伴手禮香蕉奶油泡芙交給鈴木先生。她跟他交談，對他微笑，點頭致意。不過毅知道她的眼睛並沒有看著對方。

在那一刻他多希望佑伊能夠跟他們一起回家，把採購的東西放到廚房，整理女兒的衣櫃，跟他們一起把慶祝新年的各種裝飾品拆下來。如果他們可以一起去寺廟裡向神明祈求接下來一年健康平順，該有多好。他希望她能待在身邊，當他們垂垂老矣，開始耳背重聽的時候。

天啊，他們是那樣的關係嗎？他們已經發展到那個地步了嗎？

毅慌張地問自己，會不會咲花早就有所察覺，畢竟小孩的感覺特別靈敏。

還有，他是不是真的有能力分辨這是他對一名女子的愛戀，而不是女兒理解的那種來自眾人的憐愛？

在毅執著的目光呼喚下，佑伊轉過頭來，他覺得尷尬，連忙挪開視線，輕輕撫摸咲花亂糟糟的頭髮。

「好吧，就聽你的。」他對咲花說。讓她一個人去電話亭，他在外面等候。

小女孩脫離父親的大手，踏著小小的步伐往電話亭走去，拱門上的鈴鐺叮叮作響。毅摒住呼吸，會發生什麼事？他彷彿青澀的少年，心怦怦跳。

鈴木先生轉身進屋後，毅走到佑伊身旁，咲花拿起電話聽筒。那黑黝黝靜悄悄的電信設備，從高處落到她耳邊。

「她好小。」

「她這個年齡不算小，」佑伊的聲音很溫柔。「我覺得完全符合平均身高值。」

「我是說她在那裡面看起來好小。」

他們動也不動地站在門口。

「她堅持一個人去。」毅接著說。

「我看到了。」

「反正在這裡講話，也不需要發出聲音，對嗎？」毅問。

「不需要，的確不需要。」

他挪動腳步，換一個角度看著電話亭裡他的女兒嘴唇微張、開闔了十多次。

他整個人呆住，無法遮掩自己的情緒。咲花的嘴唇只發出氣音，還是真的說了什麼？她在說話嗎？咲花說話了？

「她說話了。」毅驚呼完忍不住質疑：「她說話了？」

「看起來是。」佑伊喃喃地回應。

「但是也說不準。」

「嗯，沒有絕對把握。」

「沒有嗎？」

「從這裡看很難斷定，我們站太遠了。」

「她眞的說話了？」毅又問。

「看起來是。」

風呼呼地吹了起來，一陣風掃過掀起一簇落葉，不遠處有一扇玻璃窗隨風拍打，傳來汪汪狗吠聲。那些朦朧聲響彷彿升騰的迷霧，保護小女孩的隱私不被人窺見。

雖然佑伊極力壓抑自己的情緒，其實她跟毅一樣激動。她想擁抱他，但她忍住了。

她一直盯著咲花的身影，只佔據了她父親需要的方框一半再多一些。每一個方框裡都有一點點的她，一側肩膀，一截手臂。或許再過十來年，咲花就能跟父親一樣高了。

40
六月的鯨山花園
隨風飄散的句子

「我現在比以前更愛你。」

「一直下雨，我覺得好煩。」

「阿姨，你在哪裡？」

「喂，爺爺？你在那裡怎麼打發時間啊？」

「倫敦摩天大樓火災死了七十一個人。」

「你如果回來，我發誓，我發誓……」

「你是不是把我的東西藏起來了？最近我找什麼都找不到……」

「我找到你的日記，你同意我打開來看嗎？」

「媽媽，我是咲花，你還記得我嗎？」

「爸？」

41

沒有人奢望奇蹟的時候，奇蹟降臨了。

佑伊聽毅說了兩年多之後，那天早晨第一次見到小女孩，看著她的眼睛，牽著她的手。咲花很乖很文靜，是一個六歲小女孩最完美的樣子。再過幾個月她就要讀小學了。

佑伊沒有按喇叭，她靠邊停好車，下車走向咲花，小女孩微笑並欠身鞠躬跟她打招呼，應該知道她是誰，也知道他們三個爲什麼相約見面。

佑伊開車時特別小心，不時瞄一眼後照鏡，以確認咲花坐在臨時租來的兒童座椅上會不會不舒服。

兒童座椅固定在駕駛座後方，毅陪在女兒身旁。

依照往例，他們在千葉市的超商暫停休息，咲花買了一個榛果巧克力布丁和一小瓶巧克力牛奶，她超愛吃巧克力。當大海出現在眼前，佑伊剝了一塊巧克力，往後遞給咲花。雖然她現在不再反胃了，仍然繼續買巧克力，因爲已經習慣這個儀式。

「我現在看到海，就會分泌口水，單純因爲我嘴饞。」佑伊自嘲說。「眞糟糕。」

不管怎樣她就是想吃。她本來也喜歡吃巧克力。

「我要是住海邊，大概會胖到一百公斤。」

咲花很快就跟佑伊處得很好，彷彿她一直都在。看得出來她很喜歡佑伊。

當咲花走出電話亭，跑向毅緊緊抱住他的膝蓋，父女二人都很激動。佑伊原本不想打擾他們準備走開，咲花卻抓住她的外套衣角，然後拉住她的衣袖，最後握住她的手，將她拉向自己。

那個時間點是對的。每當有好事發生，時間點永遠是對的。

其實毅應該先做好準備，要比咲花先準備好。如今他總算準備就緒，女兒立刻就明白了。

當毅彎下腰去抱起咲花，小女孩把頭埋在爸爸的頸窩裡重新開口說話，說的都是些再平常不過的事，是她那個年紀的小女孩會說的事。

她餓了，也有點口渴。不是，雖然風很大但是不會不舒服。這個地方好美。

咲花應該不算是話多的小孩，但在回程車上她說她眞的很喜歡吃巧克力，於是經過路邊一家超商的時候，她跟佑伊買了一大堆甜食。毅興味盎然地看著她們拆開、吸食、咀嚼、舔拭包裝上有可可兩個字的所有商品，發出窸窸窣窣、嘎吱嘎吱的聲音。

佑伊說在她小時候，母親每次都會給她買兩個甜甜圈，一個馬上吃，另一個再說。似乎是不想讓她看到幸福的盡頭。

「她跟我說，你先吃這個，另外一個不急。每次吃完一個，就再也吃不下第二個，於是另外那個可憐的甜甜圈就擺在櫥櫃裡沒人吃，慢慢變了味。」

可以讓人看了覺得更餓，或是比較不餓。

「總而言之，永遠有另一個甜甜圈等在那裡。」

咲花張著嘴，好生羨慕。

「你媽媽每次也都買很多。」毅插嘴說。「每次都剩下好多吃不完。」

「說不定我們就是因爲這個原因才熱愛甜食。」佑伊這麼說。

彷彿這段記憶以某種方式勾起了另一段回憶。佑伊回想起四月某一天，她女兒嘴巴塞得滿滿的，兩頰都鼓了起來，然後說出第一句完整的話：「我要很多蛋糕。」

那天是佑伊的生日，爲了一起吹蠟燭，她把女兒抱坐在大腿上，能感覺到女兒熱呼呼的身體蠢蠢欲動。貪吃的她伸手戳進奶油裡，破壞了蛋糕花樣後再將手指塞進嘴巴裡。

「袋子裡還有什麼沒吃的？」佑伊看著超商塑膠袋問。女兒的這段往事她想自己保留。

「還吃？你們要吃多少東西啊？」毅這句話重複了好多遍，他假裝自己吃飽了，只爲了看佑伊和咲花把東西塞進嘴巴裡之後驚嘆道：好吃！眞好吃！你說這是不是最好吃的？好脆喔！如果用微波爐熱一下肯定是第一名。要是上面加奶油就更棒了！對，要新鮮奶油！還有肉桂粉！可可粉呢？你說得對，可可粉也行！

毅很喜歡佑伊總能找到新的詞彙來形容食物，就像電視裡那些人會爲了形容泡芙用上很了不起的比喻。尤其讓他感到激動不已的，是聽到女兒用清脆的聲音說那些事，說出稀鬆平常的句子，所有事物都因爲那美好的聲音而顫動。彷彿落在鋼琴鍵上的指頭。

42

從鯨山花園回家的路上
佑伊和咲花在超商買的巧克力甜食

· 榛果巧克力布丁加開心果醬。
· 巧克力香蕉蛋捲。
· 巧克力餡麻糬。
· 內含整顆杏仁的巧克力蛋。
· 杏仁榛果巧克力棒。
· 巧克力抹茶夾心麵包。
· 巧克力豆軟麵包。
· 可可含量百分之七十五的小袋巧克力。
· 海鹽口味方塊巧克力。
· 巧克力軟餅乾。
· 兩片一袋裝的巧克力酥片。
· 兩罐巧克力牛奶。

43

他們會一起去鯨山花園，但不是每個月去，因爲對咲花這個年紀的小女孩而言，來回各七個小時的車程實在太累，不過後來變成他們三個人每個星期六及星期天，都會見面，約在東京見，一起看電影，吃花朵形狀的鬆餅，或到郊區公園裡溜滑梯，可以一次接一次，滑個五十次。

他們一起做過許多事情，其中讓他們始終難忘的，是每年八月的傳統節日盂蘭盆節，正好遇到咲花和佑伊放暑假。他們要在自己家裡迎接祖先，招待亡者。

「我們今年好好準備一下。」毅宣布。

他們在門口掛上燈籠，這是習俗，如此一來亡魂才不會迷路，能儘快找到後代子孫的家。咲花勤奮地用茄子、小黃瓜和牙籤，爲祖先做代步工具精靈馬（「其中馬可以早點將亡魂迎來，牛則可以送祖先慢慢返回冥界」）。佑伊找出她母親用的食譜，自己動手做糯米糰和紅豆泥來包萩餅，毅則負責佑伊家和自己家佛壇上的花和祭品。

咲花想像她的母親和從未謀面的爺爺騎在有小疙瘩的青綠色小馬上，旁邊並排前進的是坐騎步伐同樣輕快的佑伊的母親和女兒。她將那個生氣勃勃的行進畫面畫出來，送給佑伊，佑伊用膠帶固定在廚房門上，每次經過都覺得窩心。

八月十六日晚上，佑伊和咲花穿上色彩鮮豔的浴衣準備去海邊，毅在醫院值班結束後趕過去跟她們會合，他背包裡裝著跟同事借的浴衣和一雙木屐，在火車站廁所裡匆匆換上，然後三個人手牽手出發前往神奈川縣的陸連島：江之島。

咲花發現古時候的人相信陰間在大海及河流的另一岸，因此日本很多地方保留了美麗的儀式，把裝了祭品和小蠟燭的紙船和水燈放入水中，任由水流漂向外海。

他們兩大一小把毅妻子和佑伊母親、女兒的名字寫在水燈上，再一起向水燈鞠躬，專注看著金色燭光和燈籠上黑墨寫的漢字。之後雙手合十，將水燈放入海中。

「你這個安排眞的很棒。」毅低聲說，握了一下佑伊的手。

她們走回江之島，再爬到山頂的神社祈福。佑伊向辯才天女神求的是自己能爲咲花做出好吃的便當，因爲她完全沒有烹飪天分。毅祝願這樣的日子能夠長長久久，咲花則只顧著看水燈搖曳的光影。從山頂往下看，一個個水燈像是漂浮在水面上的螢火蟲。

那天晚上，佑伊第一次留宿在毅家，跟咲花睡在一起。

「我睡著前你不能走。」咲花拜託她。

「你有什麼狀況所以睡不著嗎？」

「沒有，沒有狀況。」咲花這麼回答。她只是想要這樣，就像早晨多喝一杯咖啡，或冬天多蓋一層棉被。

結果佑伊自己睡著了。毅沒有叫醒她。她醒來的時候嚴重落枕，左側臉頰上還有兩道很深的壓痕。但是很值得，第二天的早餐留在她記憶中好幾個月，餘波盪漾。

數天過後，佑伊在書店看到一本水彩畫繪本，描述這個世界裡有各種不同的天堂和冥界，她買下後，在萬事不順心的某一天尾聲，跟咲花一起吃壽喜燒的時候，交到了小女孩的手中。

奈及利亞認爲世界底端有一隻牛；阿爾泰山脈的韃靼人認爲世界底端有三條魚，會定期引發洪水懲戒人類行惡。印尼蘇門答臘島上的人認爲，撐起地球和七重天（七重天頂端有一棵樹，每一個人的命運都寫在樹葉上）的是一隻龍蛇。龍蛇蠕動時會導致地震。

「跟日本一樣。」咲花立刻大聲說。

「對，跟日本一樣。」佑伊附和她，同時想起浮世繪中日本列島下面有一隻大鯰魚棲息，牠若拍打魚尾和魚鬚，便會引起各種天災。

她們一邊看書一邊笑：人類眞的很有想像力。

那天晚上在醫院疲於奔命値班結束回到家的毅，最喜歡委內瑞拉原住民葉庫阿納族人的世界。他坐在沙發上，面前有一瓶啤酒和一盤鹹酥蠶豆，跟咲花和佑伊討論宇宙觀可不可以用家的傳統概念當作模型，如果每個人的家自成一型，爲什麼宇宙不能是家的樣子？

最讓他們感到詫異的是加拿大曼尼托巴省歐及布威族人的宇宙觀。夢境是他們的世界中心，人類可以在夢中學習與非人類建立關係，可以探索未知的地方而不用身體力行。

「你如果很會做夢，就能活得長壽又健康。」歐及布威族一位老爺爺這麼跟孫子說。佑伊想起了她跟毅剛認識不久的一段對話。

「我說我每天晚上都夢到我女兒，你則在夢裡對咲花諄諄教誨，記得嗎？」

「記得，我們簡直像兩個瘋子。」

「但其實你是她的守護神，但你自己不知道。」那天晚上佑伊在門口向他微笑道別的時候說。

他們不時會一起翻看那本書，每一次都會在歐及布威族的宇宙觀流連不去。咲花最喜歡的不是關於他們的夢，而是亡靈住的幽靈國度，在那裡不需要打獵就能吃飽，最重要的是在那個國度裡沒有冬天。咲花的母親很怕冷。她記得她母親常常抱怨家裡很冷，說冷是最討人厭的一件事，寧願忍受東京潮濕難耐的夏天，但是對冷眞的深惡痛絕（等夏天到了，就反過來抱怨夏天）。想到她母親再也不用穿著厚重的羊毛襪、肚子上貼著暖暖包，她就很高興。

等佑伊走出大門，站在街道上，才想起來以前她和她母親、女兒，會交換各自做的夢。

她怎麼會忘了呢？

佑伊並不多話，但是睡醒後她喜歡把自己的夢說出來。小時候說給媽媽聽，成年後說給女兒聽。她想把夢留下來，好像是刻意爲之，其實不然。

她一邊攪拌湯，一邊大聲說自己晚上做了什麼夢，在夢裡跟誰吵架，去了哪些地方，愛上了誰（如果可以說出來）。好像她在煮飯或切麵包的時候非這麼做不可，那是早餐不可切割的一部份。女兒遺傳了佑伊的樂天，習慣吃魚或吃優格的時候，要搭配媽媽做的夢調味。

雖然車廂裡有很多空位，但是佑伊站在火車門邊，看著窗外以山巒爲背景的東京剪影，還想起了女兒也開口說夢的那一天。

她虛構的夢境妙不可言。她憑藉本能，興致勃勃地以隨機方式組合她小小生命中的片段，在大象和獅子的地盤上，到處都是衣服和花朵，有害怕，有恐龍，還有很多不能做的事，她說到那些不能做的事情時，用的是佑伊耳提面命說過的同樣語句。

佑伊記得就是從那一天起，她們三人開始交換各自的夢，因爲一大早就來找她的母親，也樂不可支地加入了這個遊戲。任何人早上走進她們家的廚房，都會說這家人的毛病就是自得其樂。

那天晚上佑伊回到冷清寂靜的家中，忍不住想，回憶其實跟實物一樣，就像海嘯發生一年後，飄到與太平洋相隔三千英里的阿拉斯加岸邊的那顆足球。

總有一天會浮出水面。

44
佑伊送給咲花
那本談冥界的繪本

紀堯姆 · 杜帕（Guillaume Duprat），《另一個世界。冥界的圖像故事》（*L'Autre monde. Une histoire illustrée de l'au-delà,*），塞伊出版社，巴黎，二〇一六年出版。

45

跟咲花相處，對佑伊來說是很大的考驗。把自己女兒、和女兒可能的生活點滴投射到咲花身上，並非她所願，但確實時時刻刻發生。需要時間，才能把兩者區隔開來，而且不會在每一次發生的時候感到內疚。想到咲花或許也同樣覺得不安，佑伊才能在焦慮中略鬆一口氣。

有一次，在她們要碰面之前，一個念頭浮現擾亂了佑伊的心情。她想像自己碰觸咲花或親吻小女孩的額頭卻沒有感覺。一點感覺都沒有。咲花很可愛，很乖巧，跟她在路上遇到的其他小女孩一樣是陌生人。

天啊，佑伊捫心自問，萬一自己眞的沒有準備好愛她呢？

佑伊自己嚇自己，我會什麼都感覺不到，然後徹底崩潰。

但她想起曾經在一本教育學術上看過一行字，或許只有半行字。書上說，（她記得很清楚，因爲大吃一驚）**距離能讓人更懂得如何去愛，更懂得細心呵護**。距離並不是壞事，正好相反。缺乏距離反而對最單純的情感、發自內心的愛，有害無益，距離有助於修正錯誤，避免衝動。

她記得當時自己心想，愛很危險。愛常常會被拿來當藉口，寬恕那些不好的事。

¶

咲花生日那天，毅安排大家一起吃晚餐。下午在超市採購完畢後，父女二人去了一趟神社。咲花決定好晚餐的菜色：炸牡蠣，馬鈴薯沙拉，玉米濃湯，蛋糕上要有小魔女琪琪跟黑貓吉吉的圖案。

佑伊比毅心細，察覺咲花眞正喜歡的是貓，表達在她對蛋糕的要求上。佑伊提醒毅這件事，需要父親出面滿足咲花的願望。

那是十一月，時值七五三節，神社裡到處都是小朋友，三歲和七歲的女童及五歲的男童，穿著色彩鮮艷的和服去參拜保護神。

「三歲那年錯過了，會覺得可惜嗎？」毅詢問正在爬石階的女兒。他手上的購物袋撞到一名老婦人，但是老婦人忙著顧孫子，沒有反應。

「不會，但是七歲的時候我要慶祝。」咲花回答得很快。她不大喜歡談過去的事和錯過的事。

「我們買一片繪馬綁上去好嗎?」做爸爸的立刻換話題。

不用按鈴就可以直接進入店鋪。裡面的人太多了,雖然冷風颼颼,但是神社巫女讓拉門敞開。毅買了一片木製繪馬,上面印了三個節慶裝扮的孩童圖案,站在鳥居前面,周圍楓紅環繞。咲花交出了剛才從父親手上接過的錢幣,然後走到旁邊去。

「那我們要寫什麼?」毅微笑問她。「要寫下你的願望,今天是你的生日,你做決定。」

「希望我們家永遠幸福健康。」咲花的願望好像在複製一個固定公式。毅把購物袋放在桌板上,取下巫女遞給他那枝麥克筆的筆蓋,將咲花的願望寫在繪馬上。他女兒明年才會學寫字。

「哪一個字是家?」咲花看著那一小片木板開口問。

毅指著「家」和「人」,咲花的指頭點在這兩個字下方。

「家人?」她又問,彷彿在等待更明確的解釋。「爸爸,媽媽,奶奶和咲花?」

「對。」毅回答時有點心不在焉,那幾個購物袋快掉下去了,他忙著整理。

「那佑伊呢?」

毅對這個突如其來的問題，有些猶豫。

一個穿著天藍色和服的小男孩興奮地在他們身後佛壇前方的空地上跑來跑去，他的父母跟他一樣情緒高昂，在繡球花叢和石燈籠間追著小男孩跑。

「你覺得，佑伊想到家的時候，也會想到我們嗎？」

「我不知道……」毅說。「如果是這樣的話很棒啊，你說呢？」

他看到女兒點點頭，但隨即面色凝重。毅想起咲花剛出生時總是板著臉，每當妻子讓他抱女兒，小嬰兒看起來很像在打量他的樣子，彷彿不太確定是要讓他抱，還是要放聲大哭。

「怎麼了？你不喜歡這樣嗎？」

咲花沒有說話，低頭看著寫在那片木板上的字，指頭一點一點地從上而下、從右而左畫過短短兩行字，最後是她的名字。

「可是她的女兒很漂亮。」咲花沒有正面回答。

「你是說佑伊的女兒？」

咲花在佑伊家裡看過她女兒的照片：小女孩舔著快要融化的霜淇淋，坐在外婆懷裡邋鞦韆，哭的時候張大嘴巴和閉著眼睛睡覺的樣子。這些照片全都收在一個相框裡，掛在佑伊的床頭上方。

「咲花，你是說佑伊的女兒嗎？」毅又問了一次。

她下巴抵著胸口，眼睛低垂不願迎向父親的目光。

「可是你也很漂亮啊！」

是眞的，毅一直這麼認爲。而且他覺得自己的評斷十分客觀。咲花有一雙靈動的鳳睛，臉形偏長，像她母親，也像浮世繪裡的美人。她的手指修長，皮膚光滑，表情專注且生動。當然漂亮，還有其他形容嗎？

先前被父母追著跑的小男孩現在放聲尖叫，他的母親抓住他，手忙腳亂地想把兒子鬆開的和服腰帶重新綁好。再過去一點則有人反覆大聲發出指令，原來是負責拍照的人試圖讓站在神社最豔紅的楓樹下那一家人不要太緊繃，要放鬆微笑，卻不見成效。

毅努力想要瞭解小女兒的心思，因爲她可能自己理不清。畢竟他也一直有這個困擾。

「而且我不夠整齊。」咲花的聲音裡透露著沮喪。

「喜歡一個人跟漂亮和整齊完全沒有關係。」毅大聲回應，他急了，聲音聽起來有點兇。

咲花不說話，眼神落在因爲那些家庭而喧鬧的空地上。七五三節慶本來就是喧鬧的，祈求神靈守護孩童。一直到七歲爲止，只要有誦經祈福，就會受到神靈的庇護。

爲了能夠平視女兒，毅屈膝蹲下。

「咲花，喜歡跟美醜無關，你相信我。」

咲花沒有說話，漫不經心地擺弄著手中的繪馬。然後聽不出情緒地開口問：

「眞的沒有關係？」

「無關，完全沒有關係。不然喜歡就太不堪一擊了，你說是不是？」

咲花沒說話，但是讓父親摸了摸頭，算是她的回答。然後她似乎想轉移這個變得過於沉重的話題，眼睛看著金屬柵欄開始研究要把手中這片小木板綁在什麼地方。

她看好位置，果決地拿著繪馬快步走向神社，那些全家出動的人潮彷彿傍晚天空中的群燕，忽聚忽散。

「這裡？」她指著掛在一小角木頭屋頂下的十多片繪馬。

毅笑了：「好，就掛這裡。」

他們離得太遠，聽不到對方的聲音。所以毅點點頭，用手比出OK。

然後他提起那幾個購物袋，匆匆朝咲花走去。

¶

那天晚上，咲花吹熄六枝小蠟燭、吃了大半塊蛋糕，佑伊陪她上床的時候跟她說爲什麼選了那個生日禮物。禮物是一個木頭畫框，白色的，框緣有交錯的葉片裝飾。

佑伊告訴她那個拿著畫框的男人故事，說故事的語氣不見一絲陰鬱，但是咲花聽懂了佑伊用「框」這個字想表達什麼。

這個世界被切割成很多框，大窗、小窗、孔洞、線角。

「我認爲，把東西框在裡面的時候，更容易看明白。」

咲花躺在床上，高舉畫框放到眼前，仔細觀察投影在房間天花板上的數百顆小星星，那是她父親剛才送她的生日禮物。然後壓低畫框看著佑伊的臉。

「無論多大的東西，你都可以把它切得很小很小。」佑伊一邊輕聲說，一邊輕撫小女孩的臉。「即便是很大的問題也一樣。所有的一切都可以放進這個框裡面。」

46
毅那天晚上
在《廣辭苑》日文國語辭典（第五版）
找到「家人」的詞條

家人：

夫妻之配偶關係，或親子、兄弟姊妹等以血緣關係爲基礎形成的小團體。構成社會的基本單位。

47

佑伊和毅做事，或者應該說不管做什麼事，都不疾不徐。他們都知道小孩對人生所知有限，需要讓她慢慢適應。跟喝醉的道理一樣，若是從未喝過的酒，反應很可能會比較大。

一月的某個星期天早上，是他們跟市政府動物收容所約好的時間。毅把一個籠子交給咲花。

咲花已經亢奮了好幾個星期。在生日當天她不知道如何形容的那種感覺，一直持續擴大著。彷彿一顆魔豆落在她家院子裡，他們那個奇怪的家庭就出現了。

咲花選了一件荷葉邊洋裝，搭配小魔女琪琪圖案後背包，還要求奶奶留在家裡，這樣回來的時候才有人在家迎接他們。

咲花、佑伊和毅三個人一起出門，坐在動物收容所硬梆梆的板凳上，花了很長時間耐心聆聽領養動物要知道的基本常識，課程內容很仔細。佑伊認眞做筆記，鉅細靡遺寫下貓咪最常見的疾病相關數據、結紮和日常相處需要注意的事項。她不希望有所遺漏。

咲花沒辦法完全聽懂，對圖表、百分比和獸醫使用的艱澀專有名詞，毫無概念。當毅發現咲花的身體越來越緊繃，就會摟住她的肩膀，然後她就能繼續看著前方的白板和獸醫穿的白袍，希望透過皺著眉頭的目光，表達她的專注和付出意願。

課程結束後，動物收容所的人帶他們到另一個房間去，有三隻奶貓窩在一個箱子裡。年齡、顏色不一，都經過一番波折才來到收容所。咲花想到得拋下其中兩隻奶貓就難受，只好向父親求助。

他們很快做好選擇：一隻檸檬黃眼睛的小黑貓，取名小虎，雖然牠跟老虎相去甚遠。牠的個子瘦小，很乖順，放進籠子裡的時候沒有做任何抵抗。

得教會咲花如何照顧貓，小動物是很重要的共居經驗。當奶奶看到那個瘦骨嶙峋的小傢伙時，忍不住偷偷跟佑伊和毅說，牠的狀況太糟了吧？萬一死掉呢？不是會再度留下心理創傷？

毅很有信心，獸醫說那隻奶貓很厲害，流浪那麼久依然活了下來。表示牠很堅強，因爲堅強就不會輕易死去。

不過，關鍵在於他們之中沒有人有養貓經驗。只有佑伊小時候家裡養過寵物，那是一隻淺棕色的短尾威爾斯柯基犬，因爲鄰居移居歐洲，佑伊的母親接手，養了十年。佑伊很愛那隻柯基犬，視牠爲生命中最重要的伴侶。柯基犬生病的時候，她覺得自己也活不下去。

不過她對貓一無所知。而且她聽人家說，似乎喜歡狗的人就不會喜歡貓，反之亦然。比都沒養過的還糟糕。所以，佑伊只好像以往遇到新事物時那樣做，買很多相關議題的書開始閱讀。上班途中在地鐵上看，廣播節目播放廣告的時候看。同事看到她辦公桌上越堆越高跟小山一樣的書都樂了，常對著她喵喵叫。

「而且你們知道嗎？貓還不是我的！」佑伊自嘲。

每當書店櫃檯人員問她是否需要包上書衣時，她通常會說不用，不需要包。讓別人知道自己正在閱讀的書名又何妨？他們大可以琢磨她平淡無奇的個人興趣，佑伊對這種隱私並不在意。

但是當她買的書是如何帶領孩童進入小學一年級，協助他們融入校園生活的時候，她比書店櫃檯人員更早開口。「麻煩幫我包書衣，謝謝。」趕在櫃檯人員刷條碼之前。

她一章一章看過去，專家換湯不換藥地重複同一個重點：不要跟原先的生活有太大的差距，然而還是需要發動革命。**革、命！**居然需要革命！天啊，誰知道怎麼發動革命？政變、獨裁首領雕像被拉下基座、丟石塊，還有軍人上街。革命一詞讓佑伊腦袋裡浮現的都是這些恐怖畫面。

那年冬天和初春充斥著這些高深的詞彙。

佑伊和毅討論了許久，希望能把事情釐清頭緒。從一月到四月他們沒有離開過這個話題。通常在晚餐後、等咲花去睡覺，投影在房間天花板上的星星開始閃爍時，他們兩個就坐在整理好的餐桌前，泡一杯花草茶或綠茶，毅一手提拉著杯中茶包，說出他想到的問題，家裡孩子比較大的醫院同事給他的建議；佑伊轉著滿滿一小匙的蜂蜜，說出她在書上看到的重點（這段時間她看了三本），以及解除他們疑惑的可能答案。

「舉個例子來說，穿衣服。如何長年保持制服的良好狀態，不會損壞。還有必須掛在書包上的所有小工具。你無法想像現今要幫小孩準備多少東西保護自己。」

「眞的？」毅有點警覺。

「然後得先研究好從家裡到學校的路線，在開學前多走幾遍。最好能找到可以結伴同行走一段路的其他小朋友。好像有媽媽小組，會負責在社區幾個點站崗。例如，馬路口或轉彎處。」

「希望我能做得到。」

「別擔心，只要推派最熟悉的人去就好。」

開學日到來，結果因爲太過激動徹夜失眠的人不是咲花，而是佑伊。「革命，需要發動革命。」這句話一直困擾她到最後一刻。

毅不敢傳簡訊給她，他也睜著眼到天亮，反覆思索在那個漫長冬天和春天他始終沒有說出口的問題。他該如何跟女兒的老師說自己的妻子死了，最重要的是，該如何解釋他女兒有兩年時間沒有開口說話？

不說話？對，不說話。一句話都不說？對，一句話都不說。諸如此類。

48
書店店員拿出以下三種書衣詢問佑伊喜歡哪一個：

A 黃色爲底，大紅花搭配小綠葉的圖案。
B 單色，有藍、綠和紅色三種選擇。
C 戴領帶的長頸鹿和撐傘、穿雨鞋的大象粉彩圖案。

答案是 B。

「藍色、綠色，還是紅色？」店員問。
「紅色。」佑伊毫不猶豫地回答。

49

那天早晨七點鬧鐘響，佑伊按照約定，七點半就到了門口。她用厚厚的底妝遮住黑眼圈，給兩頰和嘴唇都上了一點顏色。毅開門時感覺她特別迷人，對她笑得有點靦腆，不大自然。

但是佑伊毫無所察，打完招呼「早安！」，就直奔咲花的房間幫她穿衣服。幾個星期前就決定好開學日的服裝：一件藍色小洋裝，裙長過膝，綁帶樂福鞋，條紋蝴蝶結髮圈把頭髮收到腦後綁馬尾。

或許是爲了消除緊張，她們還在想其他可能性：「或許可以打扮成小魔女，騎著掃把衝進教室。」

「不然就穿夏季浴衣去，還要踩著舞步進教室！」

不知道同學會是什麼表情！

小虎斜躺在床下看著她們。

毅的母親在廚房手忙腳亂準備早餐，扭著已經擰乾的抹布不可置信地反覆說：

「已經要上學了，六歲了，小學一年級了！」坐立難安的她走向兒子，握著他的手，拍拍他的肩膀，似乎要為這個驚人成就表示祝賀。「小虎！小虎來！」最後她開口叫喚貓咪，又拿一小塊食物餵給飛奔進廚房的小虎吃。小虎已經變重了不少，全身都是厚厚的毛，黑得發亮，但是老太太依然覺得牠瘦：「你們有沒有給牠吃東西啊？我的意思是，有沒有給牠好吃的？」

「當然有啊！媽，拜託，你不能再寵牠了，小心牠過胖。」毅數落他媽媽，老太太聽出兒子聲音中的焦慮（已經要上學了，六歲了，小學一年級了！），沒有回嘴。

大家坐在餐桌前，因為激動沒有胃口。咲花要求吃香蕉奶油泡芙當早餐，這麼做是為了凸顯那一刻的重要性，也是因為那是他們家的傳統。他們講好了晚上要在佛壇前，跟明子說說那麼重要的一天裡發生的大小事。

「今天要展開革命了。」關門時，佑伊低聲跟毅說，咲花背上雙肩書包，牽著奶奶的手下樓了。佑伊看出毅比自己更緊張，反而讓她更放鬆。突然把這句話再拿出來說，似乎終於擺脫了這句糾纏她好幾個月的口號。

「還真是革命。」毅卻把這句話當真，佑伊聽了哈哈大笑。

在路上毅才偷偷跟佑伊透露，他不知道要如何跟老師開口的困擾。畢竟他的女兒如此敏感。

「敏感並不代表脆弱。讓咲花自己說，讓她自發地說她想說的，跟其他小朋友一樣。」佑伊建議他。

從家裡到學校會經過三個巷口，他們走過第一個巷口。咲花胸有成竹地把她星期天畫的圖拿給奶奶看。

「讓她用她最喜歡的方式表達自己。去過鯨山花園後她講話就恢復正常了，不是嗎？」佑伊給他打氣。

從去了鯨山花園有神奇收穫那天起，接下來好幾個星期，毅睡醒後都擔心咲花會再度拒絕說話。因爲焦慮，他甚至不敢開口，只顧悶著頭走進廚房。此刻回想起來都覺得好笑，從鯨山花園回來的第二天，他甚至假裝沒看到咲花，深怕自己一個動作做錯會破解魔法，讓女兒返回無聲狀態。但是咲花沒有任何異狀，一切都照他期望的方向發展。

「大家會認識現在的她，不是過去的她。」他們跟上咲花腳步時，佑伊用這句話做結尾，然後食指往嘴巴上一比表示不說了。

咲花的側臉讓佑伊想起自己兩歲的女兒，第一次背上外婆送的企鵝後背包時臉上燦爛的笑容，在房間裡打轉妄想看見自己的背後，就像小狗追逐自己的尾巴原地轉圈那樣。

佑伊轉頭看著毅，又說了一次：「你別緊張。」微笑鼓勵他。

站在學校妝點得五彩繽紛的鐵柵門外，頭頂是彷彿一團團粉紅雲彩般的櫻花樹，隨著風吹過便有朵朵花瓣灑下，毅告訴自己說佑伊是對的。

50
出門上學的咲花自畫像

51

對咲花而言，的確是一場革命，不只因爲她第一天上學，還有她重新開口說話。她的人生並無改變，然而兩件事加在一起，所有一切大不相同。

那個畫框呢？沒錯，或許那個畫框也讓一切有所不同。佑伊越來越常出現，陪伴她做功課，理由是爲了不讓在醫院值班的毅太過憂心，其實是因爲佑伊自己想要這麼做。咲花喜歡伸手就能找到她，或許不需要隨時陪在身邊，但至少要跟爸爸和奶奶一樣。

然而奶奶在最初的積極熱情淡去後，開始吃味。毅瞭解自己的母親，立刻有所察覺，便常邀她一起吃午餐。「你要不要跟我們一起吃點東西？」他會在星期天早上或工作結束得早、下午就能離開醫院的時候，打電話給她，一起去火車站附近吃個銅鑼燒或可麗餅。

重要的是不能讓母親和佑伊變成競爭關係。母親年紀大了，不能對她發脾氣，而且她生性固執，就連提醒她注意都有可能產生反效果：「我？吃醋？我幹嘛要吃醋？難道你覺得咲花喜歡她會比喜歡我多？還是你已經不需要我了？」

所以，絕對要避免這件事發生。

幸虧毅經常找她一起行動，而且事先預備了補救措施（爲她的背特別買了靠墊，還有她喜歡的那個牌子的豆腐），才讓老太太放鬆戒心。老太太在睡覺前，或睡不著的時候，會坐在佛壇前跟過世的丈夫長談，跟他說那名年輕女子的種種，說她這麼瘦不知道怎麼有辦法站立，說她會戴漂亮的帽子整個人看起來很文雅，只不過鞋子的品味有點怪，老是穿運動鞋，從來不穿有跟鞋。但自己還是對她很客氣，而且她好像很懂得讓孫女開心。

「她話不多，有幾次她太久不說話，你都會想她人還在嗎。」老太太一邊說一邊用抹布擦拭佛壇。「然後她突然間開口，我跟你說眞的，每一次都毫無預兆，然後你就看毅跟咲花停下手邊的事，聽得不知道多認眞。他們全神貫注，深怕漏聽一個字似的。你知道別人講話的時候毅常常心不在焉，對吧？可是她講話的時候，毅好像回到小時候，坐在餐桌上寫功課的那個樣子。你還記得嗎？投入到你叫他的名字他都聽不見。」

老太太主要不適應的是，那個聲音在廣播節目裡變得分外輕快敏捷。有一次她好奇聽了一集節目，整個人反應不過來，聽起來明明像是另外一個人。

當毅的母親試著跟丈夫解釋佑伊是怎樣的一個人的時候，佑伊像鴿子一樣正在築巢。她在自己家的一個房間裡爲咲花布置了一片角落，她若去學校接小女孩放學回來，可以在這裡寫功課和玩耍。有時候她會帶咲花去電臺，因爲對著麥克風講話這件事讓咲花覺得很神奇，她覺得能夠把聲音傳送到很遠的地方去，傳到數千個因爲傾向聆聽這個神祕本能而彼此連結的陌生人耳裡，簡直就是一種魔法。

「跟風之電話亭一樣，對嗎？」一天要進錄音間前，佑伊幫她綁頭髮，她喃喃地說道。他們同意咲花跟著佑伊進錄音間，條件是她不能發出任何聲音。

「你跟大家說話，可是你不知道誰在聽你說話。你進入他們家，讓他們開心。」

「開不開心我不知道，但他們會覺得有人作伴。」

「那不是一樣嗎？」

打量著鏡子裡咲花兩根辮子是否對稱的佑伊，聽了很感動。

在那個神奇的時刻，傳來鈴木先生生病了、以後風之電話亭不再對外常態開放的消息。要去的人必須先發 email 或傳真預約，志工會根據自己的時間安排接待。

幾天後，又得知強烈颱風朝著鯨山直撲而去。

52
毅的母親為了聽佑伊的聲音所收聽的那一集廣播節目摘要

「我們消化成長這個概念的方式，不管是企業成長或個人成長，怎麼說呢，總是把現況擺在次要位置，寄望於未來，未來會更好，會有更多資源、更多工具、更多方法……這種方式，對我們的聽眾，靜岡縣的松本先生來說，是不折不扣的資本主義思維，不是……是站不住腳的。您對這個看法有什麼回應？您怎麼看？」

專家回應（佐藤教授）：

「Tsubura 教授，我們遇到一個棘手問題，針對這個議題學術界也進行了數十年的辯論，（聲音平穩，引用他人談話）因爲科技日新月異，市場會根據政治條件自動調控，佐藤教授這麼說……當然，還需要深入討論，究竟是哪些政治條件必須考慮……但是一般而論，我們內部會設定一個資本模式，投入資源，以期達到二〇三〇年的目標，還是您……預見這個模式會改變？」

第二部

1

鯨山很不平靜。颱風讓整座山被捲入狂風中。

彷彿一條巨鯨準備返回山腳下掀起滔天巨浪的海洋中。抹香鯨抬起頭，高聲抗議。

在佑伊眼中，鯨山花園揚起又落下。

她想，恐怕萬劫不復距離她只有一步之遙。

整片天空在崩塌，一塊一塊墜落，佑伊張開雙臂。她這麼做是出於本能，不合常理。但是在那一刻，彷彿多年來在鯨山花園絮絮吐露的所有聲音，聚集形成了一股旋風，將她包圍其中。像漩渦，像停不下來的轉圈圈，在她的雙臂和雙腿間打轉。

她甚至覺得自己看得見那些聲音，如同在小孩腰上轉來轉去的呼拉圈。

過世的父母，逝去的孩子，在歷史中蒸發的祖先和消失的朋友，這些日子以來透過風之電話亭向他們呼喚的那些聲音全部回到這裡，回到最初召喚亡者的地方。

佑伊失去平衡，彎下腰再次抓住長椅。在那驚人的強力旋風中，長椅似乎是最堅固不移的東西。

她抬頭尋找架在屋頂上的風向標，沒看到。風將她的衣袖吹得高高鼓起，冰冷的風拍打她的身體，一下接著一下，不肯放過她，之後漸漸加大力道，變成敲擊，然後是猛烈撞擊。她在書上看過，有人因爲這樣喪命。

全國看電視的民眾都知道颱風動向，此刻正是肆虐最嚴重的時刻。

被她動手用帆布包成一個繭的風之電話亭巍巍顫顫。

風中有塵土，有枝葉，還有一些東西佑伊難以分辨，只隱約看出形狀。那些可能是屋瓦，另外那些應該是花園裡其他工具。有花盆在地上亂滾，像是美國大草原上的一捆捆乾草。還有一個塑膠袋不知從何而來，在空中飛舞，越飛越高。

眼前景象宛如電影中沒有重力的空間畫面，萬物鬆綁離開地面。風讓重力也成爲一個選項，不再是鐵的定律，而是未必需要應和的命令。

佑伊心想，所有一切，都有可能崩塌。

「這不應該。」她自言自語道。「這個地方不容褻瀆。」任何人都不能破壞鯨山花園。

在那一瞬間，她的眼角瞄到有光從高處往下墜落，幾條電線把混濁的天空拉下一塊來。那光閃個不停，轟然倒塌在路上後徹底熄滅。

另外兩枝路燈也被吹倒後，佑伊才終於怕了。

風聲颯颯直撲鯨山而來，呼嘯聲壓過了海濤的聲音。大海肯定巨浪洶湧彷彿陷入狂怒中，但是佑伊沒有十足把握，因爲風夾帶太多塵土，與海相隔遙遠的她看不清楚。

忽然間風之電話亭小徑入口的拱門傾斜，轉眼倒下。拱門右側的掛鉤是佑伊第一個固定的，現在也是第一個鬆脫的。她想起身重新把拱門立起來，但是她全身的肌肉都緊繃了起來，正奮力與強風搏鬥，以免颶風將她拖走。

佑伊看到另外一盞路燈閃爍，很快就被吹倒在路上。空中傳來電流一波波滋滋作響，之後化爲一聲低沉嗡鳴，像是話說到一半沒了聲息。遠方的小喇叭聲愈來愈低，然後寂靜主宰了一切。

鯨山花園周遭全暗，之前僅餘的少許燈光也都熄滅。黑夜在白晝降臨鯨山，山另一邊的大槌町同樣陷入幽暗中。停電會持續數小時之久。

佑伊終於明白自己身處險境，或許出於人類先天對黑暗的畏懼，她第一次希望自己不在這裡。

她犯了評估上的錯誤。「高估自己肯定是錯的，」從小她母親就如此告誡她。「但是低估自己這個問題更嚴重。」

媽媽，到底哪個比較糟糕？

2
母親對佑伊的提問
可能會如此回答

「我跟你說過了，佑伊，低估自己這個問題更嚴重。」
（隨即補了一句）
「但是如果是實質上的危險，則另當別論。」

3

一旦改變希望的方向，希望就會迷路，無法折返。

就像你拉一條線頭，結果把整件衣服都拆了。佑伊瞬間明白自己做了錯誤的選擇。萬一她發生什麼意外呢？咲花會有什麼反應？能原諒她行事魯莽嗎？

還有毅？毅呢？

她愛他，三年多來她看清楚了自己的心。他也愛她，因為他藉著無數次不同機會向她示愛，即便她假裝不懂，視線閃躲，支吾其詞。對佑伊來說，準備好的意思表示明白，一旦明白，而且對方也有所領會，那麼就喪失了用默不作聲或任何藉口來逃避的權利。默不作聲這個反應本身就說明一切，是變相拒絕。佑伊固然還沒有準備好迎接喜悅，更沒有準備好迎接痛苦。她無意開口說不。

至於好，信心十足地說好，有一定的重量。因為從那一刻起，整個人生都將不同，之前的人生要被徹底打包。紙箱、封裝、膠帶，然後全部搬上卡車，向舊的自己告別。

她一直提醒自己，試圖確定自己踏出的每一步：「你得有十足把握，佑伊，你必須很篤定。」有時候她從一大早就反覆對自己這麼說，只因爲愛他的渴望不明所以越來越強烈，跟飢餓感一樣。那幾天她吃早餐的速度變慢，下意識咀嚼，但食物在嘴巴裡停留時間拉長，咖啡在喝的時候都已經冷卻。她得坐在電視機前看兩次氣象預報，因爲第一次看得心不在焉，爲了搞清楚洗完的衣服是否可以晾在陽臺上，或是必須晾在室內，她只好換臺找氣象預報再看一次。

對佑伊而言，早餐吃一個小時，換臺再看一次氣象預報，都是對愛的婉拒。但是心準備好的時候，就是另外一回事：每一天在焦慮中等待暗示，如果等不到就彷彿遠離了某件美好的事，讓心懸著。就像一張已經擺好餐具的桌子，食慾讓你備受煎熬。

前一天晚上，等咲花上床後，毅把話說開了。

他們站在客廳和廚房之間，他在收桌子，慢慢把碗盤撤走放到水槽裡。她在旁邊幫小女孩準備便當。

「我們得再買一些香鬆，」佑伊拿著印有麵包超人圖案的空包裝袋給他看。「這是最後一包了。」

毅放下咲花手繪的盤子，把肥皂放回肥皂盒裡。慢慢挺直原本彎著的腰。一個肥皂泡飄在空中，佑伊開心地把它吹走，吹向毅。

他看了一眼後說：「佑伊，你爲什麼不搬來這裡住？」

直到多年後，毅依然無法解釋當初爲何選擇了那樣一個特別的時間點開口。他其實動念好幾個月了，只是一直沒說出口。他構思許久，就像構思一個家，夢想著要長住的家：大門要寬敞，要有一個緩緩的斜坡通往客廳，浴室要採光明亮。

他很在意佑伊，在意他們的友誼，遠遠超過他們關係未來可能有的變化。他應該有接收到之前那些貌似拒絕的反應，不應該衝口說出很難進一步修飾的這句話。

結果不然。

結果他在廚房和客廳之間，說出了那句踰越分寸的話。

長長的木筷子停在半空中，懸著，筷子上還夾著一塊豆腐和馬鈴薯，佑伊不大想得起來這個動作的目的：米飯、切開一個淺口的草莓、兔子形狀的餅乾，還有繞著便當蓋邊緣黏貼以免鬆脫的膠帶。

「住在這裡。」佑伊沒有發問，似乎為了不要說錯話，決定重複他那句話最後幾個字。

「你跟我們一起，我們是一家人，你、我、咲花跟小虎，只差一個形式。」

毅從她身後貼近她，像蚌殼一樣包裹住她纖細的身軀。當她的肩胛骨觸碰到他的胸口，佑伊明顯感覺到變形正在發生。

他們變成了一棵樹，枝幹和樹皮。從他們的皮膚冒出長長的根莖，長出新葉，持續開出一朵朵花，有小小的神奇推力將他們兩人的身體綑綁在一起。

這樣的變形，一生只有一次。

毅用力緊緊地抱住她，臉貼著她的脖子，像唱催眠曲一樣反覆說：「我愛你，佑伊，我愛你。」

「你，跟咲花一樣，是我最重要的人。」毅再次壓低聲音，在她耳邊絮絮地說道。「我現在去睡覺，你想一想。我們明天再談，如果你願意談的話。」

他甚至沒有親吻她，就結束了談話。

¶

現在佑伊不禁懷疑，是不是那個幸福的許諾太大讓她感到害怕，所以才讓她當晚逃跑，直奔鯨山花園，將自己置身於颱風險境中。

不，她再度蜷縮身子，不是因爲害怕，正好完全相反。是因爲她知道自己被愛，同時也付出愛過於開心，以至於相信那份感情能夠保護她不受任何傷害。

4

那天晚上佑伊幫咲花準備的便當內容

· 米飯（越光米）。

· 兩朵水煮花椰菜。

· 兩塊蒸茄子。

· 一顆洋菇。

· 一球馬鈴薯泥肉丸。

· 兩小塊醬汁秋刀魚。

· 一小包拌飯用的鮭魚香鬆，包裝上有麵包超人圖案。

另外準備了一個小小的香蕉瑪芬，兩片兔子造型的餅乾，六顆切開的草莓，以及一盒原味優格。

※因爲太激動，佑伊忘記把瑪芬和草莓放進便當袋裡。還把其中一個兔子餅乾的右耳弄斷了。

5

強風持續將佑伊周圍的東西從原本安全的地方掃出來，吹得七零八落。世界上所有物質都重新回到混沌狀態，如同人類剛睡醒的時候一樣。就像拂曉時分東京人的精神狀態，在一天正式開始之前已經疲憊不堪、無以爲繼。

當鯨山的天空將所有怒氣都施加在佑伊身上的時候，佑伊心想應該沒有人能夠昂首直望那樣的天空，她眞心希望自己不在那裡。她希望自己能在毅安穩的懷抱中，希望能跟咲花一起坐在沙發上看童話書跟繪本，讓小女孩一隻腿架在她的腿上，看起來很像北海道團抱在一起取暖的猴子，咲花每次看到都哈哈大笑。

毅的懷抱，咲花的腿。

如果毅在說完那個搞笑的愛的宣言之後，把自己身體的某個部位託付給了她呢？如果毅在她不知情的狀況下，把一隻腳、肝臟和心血管託付給了她呢？

如果咲花在緊緊牽著她的手從學校返回家中的路上，偷偷把自己的褐色眼珠、肚臍眼上那顆痣和皮膚，塞進她的手心裡呢？

萬一佑伊也消失不見，他們該怎麼辦？

那個念頭讓她警醒。她應該找地方躲起來，或是躲進鈴木先生的小屋，或是去找牽狗散步的那位老婦人。但是來不及了。她如果放開長椅，很有可能會被風吹走，就像電影《綠野仙蹤》裡面那個穿著紅舞鞋的小女孩一樣。

她一邊想像可笑的自己像壞掉的玩具在空中翻滾，被風吹進奮力抓住山丘的樹林裡，吹向大海的同時，佑伊一邊告訴自己這個世界就是如此誕生的，在混沌中誕生。海嘯之所以存在也有其明確動機：攪亂宇宙。跟地震、洪水、山崩和土石流一樣，那些人類眼中的災害，會害人送命，或燒死、或淹死或令人絕望而死的災害，都能讓世界恢復平衡。

那一刻，佑伊努力不去想颱風。那是她熬過艱難時刻的方法。因爲只要再過一個小時，颱風就累了，不會再鎖定這一方土地肆虐，鬧得天翻地覆。等她被找到的時候或許身上會有傷，說不定某些意想不到的地方在流血，但是不會送命。

「我很好，我沒事！」她見到咲花跟毅的時候會這麼說。她會先安撫父女二人，說他們交給她保管的身體部位都很安全，之後會向他們保證，下一次一定記住，被愛和愛人一樣，都肩負著重大的責任。

忽然傳來轟隆巨響。佑伊承受一股猛力撞擊。有東西塌了。

隨即聽聞一陣微弱的笛聲，淒涼的樂音來自遠方。

渾身濕透的她全靠自己微不足道的身體重量才沒被風吹走。

她鬆開手，無力地護住自己的臉。

到那一刻，她在狂暴強風中猶如空盒子般被吹來吹去。

6
佑伊昏倒前
最後一個念頭

「哦。」

7

唯有毒可以解毒。

解救鯨山花園的正是狂暴肆虐的風。

這件事很快便傳爲佳話，跑去保護風之電話亭的女子反過來受到風之電話亭的保護。有人說，那是許許多多跑去風之電話亭呼喚逝去親人的人氣息匯集所致。有人說，那是亡靈用吐息或輕撫表達他們對活著的人的回應，雖然沒有人能夠感應。也有人說，應該是兩者兼有，因爲大槌町山上的風才合而爲一。

所有的一切凝聚起來形成了一堵牆，抵擋颶風的同時也保護了她。

那一帶直到晚上依然停水停電。因爲土石流，有上百株松樹從山林間滑落，山腳下大片農田遭受大雨沖刷損失慘重，往西邊看過去，家家戶戶出入口被泥漿困住，民防單位派出直升機將老人一一吊掛救出，擔架上是因突然停電在家中掛彩的傷者，許多貓和狗無家可歸，強風將汽車吹翻，一輛卡車滿載來自青森的蘋果也在高速公路上翻覆，在雙線車道上留下果香。

他們發現佑伊的時候，她的周圍幾乎被夷爲平地。屋頂塌了，大部分屋瓦散落在菜園裡，茄子盆栽和番茄枝幹都受到嚴重損害。電話亭整座連根拔起傾倒在地，但是佑伊並沒有被砸中，電話亭反而形成一個屏障，隔開佑伊和被夾帶各種碎片的旋風吹得滿天飛舞的塵土。

她身上覆蓋著塑膠帆布和凌亂雜草，倒在長椅和電話亭形成的狹縫之間，像是那兩者放棄了佑伊之前爲它們做的防護，轉讓給她，而正是因爲那兩片靠得很近的塑膠帆布，爲佑伊遮擋了碎石瓦礫的攻擊。

只要再有一陣強風，電話亭就有可能輾過她，或是長椅傾倒壓住她，給予她頭部致命一擊。結果是佑伊雖然受傷，但一般在那個情況下會受的傷更嚴重。

¶

發現她的，是住在隔壁村裡的那個高中生慶太。他也很擔心鯨山花園，颱風破壞力最強的時候決定過去看看，因爲父親斷然拒絕讓他隻身前往察看，只好由父親開車載他過來。

慶太看到花園樣貌的時候整個人都呆住了。不只是因爲遍地雜沓泥濘凌亂不堪、滿目瘡痍，而是構成鯨山花園和風之電話亭的每一個組件，看起來彷彿被一張蜘蛛網籠住。就好像有一隻蜘蛛鎖定獵物，讓獵物失去知覺後，便吐絲將它纏繞保存，維持被獵捕那個瞬間的狀態。

拱門倒了，電話亭跟長椅並排橫躺在地，不過其他東西似乎撐住了。

他父親大叫一聲：「啊，這裡有人！快來！」佑伊就是這樣被發現的。

她臉上有很大一片瘀血，表示那裡被東西擊中。但是她呼吸正常，心跳也是。

他們小心翼翼地將她搬上車，立刻啓動引擎出發。開車的慶太盯著因爲樹枝和滾落石塊不時中斷的道路，有時候還得下車把擋道的東西推開。風勢依然強勁，前往醫院的道路兩旁樹林張牙舞爪，彷彿喝醉酒。

他父親坐在後座扶著佑伊的頭，心想著要如何對急診醫生解釋怎麼找到她的。佑伊歪著脖子，腳踝的血已經凝固，手臂彎曲的角度奇怪，恐怕脫臼了。他不時試著喚醒她，用慶太牢記在心中的名字叫她：長谷川小姐。不過慶太說，鈴木先生都叫她佑伊。

這些年他對那個溫和有禮、站在鯨山花園底端挺直的身影累積了一定的印象，她總是站在面向海口處，望著大海。愛吃巧克力，永遠穿著紅色的衣服。

慶太的父親低頭打量佑伊，花苞狀的裙子果然是紅色的，搭配貼身T恤，沾滿了泥濘和落葉，他之前沒發現，只注意到她身上有撕裂傷和挫傷。

「這種天氣，她怎麼會去那裡？」他實在想不通，難以相信她如今布滿數不清傷口的瘦小身軀，竟然完成了那麼巨大的工程。

地面上每一樣東西都用塑膠帆布和膠帶仔細綑綁包覆。應該是她做的吧，不然還有誰呢？

8
佑伊的全名

長谷川 佑伊。

※ 佑伊的名字是她母親用平假名取的，有祝願她「一生平淡喜樂」之意。

9

慶太說，佑伊每個月都會來一趟鯨山花園。她在二〇一一年那場海嘯意外中失去了母親和女兒。

「眞可怕。」慶太的父親低聲說，出於本能用手背輕撫靠在他膝蓋上那名女子的臉龐。

是，是很傷感，所有那些去鯨山花園的人不都是如此嘛（「包括我在內，不是嗎？」）。但是這並不代表每個人都沮喪難過或意志消沉。其實他也在那裡遇到過十分有趣的人。

「但是眞正開心的人，沒有任何陰影的人，你應該沒遇到過吧？我認爲沒有。」

「跟母親和女兒說說話，她應該會覺得好很多……」

仔細想想，慶太從沒看過她走進電話亭。

「我不知道她有沒有跟她們說過話。」

佑伊都在花園裡漫步，來回走在小徑上，彎腰輕撫花花草草。她常常在穿過拱門的時候抬頭看上面叮噹作響的鈴鐺，好奇地觀察新葉和花苞。她都說她在聽風聲。

「她幾乎不說話，不過一旦開口，說的事情都很好笑。有一次她跟我坦白說，當她專心思考某件事情的時候，不知不覺會大聲說出來，大家都以爲她是瘋子。」慶太笑著說。

「你知道你母親也是這樣嗎？她想事情的時候，嘴巴會跟著動，有時候會發出聲音。在火車上，大家都不大願意坐她旁邊。」看到兒子的笑容，男人接著說。

慶太的父親知道自己與妻子的關係在她去世後就結束了，那是結縭五十年夫妻之間的相處之道。但他的兒子不會明白在驟然面對分離時，愛得少一點會比較輕鬆。

要全然調適過來需要時間，但慶太的父親並沒有原本以爲得那麼難過。內疚感，是當人生舞臺上的燈光照亮某個原本有她，而如今卻是少了她的那個地方才開始的。

他告誡自己每天都要表現出對過世妻子的眷戀，讓孩子們明白愛是什麼。剛開始有一段時間，他甚至擔心自己太入戲，假裝到最後會眞的重新愛上他妻子。

入夜後他的心抽痛，夢見自己十六歲那年夏天在海邊遇到的那個女孩，他上岸時渾身是傷卻樂不可支，因爲他在海裡撿了好多顆海膽，那裡是他們兩個從小就玩要的地方。

接下來的畫面是她幫他擦藥，還有他們的初吻，那是他第一次親吻媽媽以外的女子。同樣一個夢，他重複做了一夜又一夜。

「她應該是今天一大早來的，才有可能做完那些工作。」慶太對父親深藏心中的祕密傷痛毫不知情，還在想佑伊令人讚嘆的大工程，和她纖弱身軀展現的頑強精神。吐絲織成蜘蛛網捍衛鯨山花園的人是她。

「我現在才想到，你有沒有注意到停在花園前方的汽車？」慶太說出這句話，才終於意識到他從一開始就覺得事情不大對勁：佑伊是一個人來的，身邊沒有毅。

他跟父親解釋自己的感覺有點費力，就像一件事雖然有可能發生，但他覺得有問題，有點失焦。

「她都跟藤田先生一起來。」慶太說。「我應該從來沒看過她或藤田先生一個人來。奇怪，他們每次都開車一起從東京過來。」

「從東京過來？這麼遠！」慶太的父親感到很意外。他想在佑伊臉上找出都會女子的感覺，畢竟東京可是傲視全日本的城市，就連他自己在首都讀大學那四年的時間裡，心情也在喜悅和被路上人山人海惹怒之間來回交替。

他開始翻找佑伊身上的口袋，謹慎地避免碰觸這位不是家人的女子身體。他之前太過緊張，沒想到找手機。「我們應該聯絡那位先生，你有他的電話號碼嗎？」

「鈴木先生或許有，我沒有。可是鈴木先生住院了，你還記得吧？所以我也不知道怎麼辦。」

「她身上什麼都沒有，或許皮包跟證件都留在車上了。我們得回頭拿。」

「我回去拿，先送她去醫院，我再回頭。」

「你確定那位先生沒來鯨山花園？」

「不確定，但是至少他現在人不在花園，否則我應該會看到他。或許在山上某個地方。得儘快跟他連絡上，才有辦法確認這件事。」

10

那一天慶太努力想要解釋給父親聽的感覺(1)與佑伊對於鄉愁的看法莫名雷同，他舉的例子包括（2）：

（1）就好像某個東西雖然筆直但其實並不構成一直線，某件事你看起來覺得沒問題，但其實有點失焦，從你的角度看有點太靠左或太靠右。或某件事理論上是對的，但你依然覺得不對勁。

（2）就像是有人抽菸的時候任憑菸灰落地。或像是自從母親死後，每次新年的御節料理還是很好吃，非常美味，但就是不一樣了。或是妹妹出門前擦口紅，感覺像是成年女子。還有就是，每一次我們進家門，都聽不到媽媽說：「歡迎回來。」

11

毅後知後覺發現佑伊不見了。

這幾天他們談到鈴木先生的健康情況，以及跟鈴木太太 email 聯絡的事。沒能搞清楚鈴木先生現況如何，究竟是小毛病，還是病情不樂觀。

毅看得出來，佑伊只要想到萬一有人去了鯨山花園，卻不得其門而入，便心神不寧。

鯨山花園可以救人，必須保持對外開放，永遠開放。佑伊反覆說道。

在鯨山花園辦講座的目的不就是這個嗎？毅說，讓大家不要依賴那個地方，慢慢擺脫它。如果學會拉開距離，每個人可以在自家花園裡搭一個私人電話亭，或設置一個信箱，投放沒有地址的信。

他們打開電視的時候是晚上十點。開電視是爲了看氣象預報，好知道天氣狀況，決定明天洗衣服要晾在戶外或室內，要不要幫咲花準備雨鞋。早上的氣象預報說，這一帶會有颱風擦身而過。

畫面右方是一個穿著雨衣的男人，他一手拿著黃色的麥克風，另一手捏著自己的雨帽帽沿，比手畫腳解釋即將到來的颱風。畫面左方是在攝影棚裡全身乾爽、臉上掛著禮貌微笑的記者，用一根小棍子在畫滿線條的圖板前面指來指去。那個組合畫面，一個記者全身濕透，一個記者完美無瑕，看起來很無情。

「誰可以保護鯨山花園？」佑伊的聲音透露出緊張。

毅不知該如何回答，只好說就算花園受損，之後也可以修復，讓她放心。大家不都這麼說嗎？即便換一個電話，或換一個地點，重要的是象徵意義，不是物品本身。

佑伊做了一個手勢，表示好，她知道。但是看來她不打算罷休。毅開始轉移話題，談需要採購的清單，談他母親莫名執著於各種小地毯以至於家裡擺得到處都是，客廳是花朵圖案的踏腳墊，浴室則放了條紋圖案的吸水腳踏墊。他一邊收碗筷，一邊細數自己接下來在醫院的排班，四月新上任的主任醫師各種不當的決定。

然後在佑伊幫咲花準備便當的時候，站在她身後的毅就說出了那句驚人之語。

他並沒有具體說出自己愛佑伊什麼，因爲他愛她很多事情，不只是因爲咲花，當然那是很重要的一部分，但是他在那份情感中能分辨出只與她有關的部分。例如，她說話總是很務實、她整理頭髮的樣子很迷人，像撥開海浪似的、她總是用雙手開關拉門和櫃門，她說話的音量永遠控制得宜。

雖然他以前都喜歡身材豐滿、個性開朗的女子，但也覺得佑伊削瘦單薄、骨感鮮明的身軀，彷彿一幅地圖。特別是在夏天的時候，看著佑伊的身體彷彿能看見整個骨架，學會這根骨頭在何處銜接另一根骨頭。這根血管從何處出發，又在何處和另一根血管相接。

但是他只平淡無奇地說了他愛她，執拗地將那個字翻來覆去說了又說：喜歡。

他錯了嗎？

她微笑，但沒有多做其他反應，教人無從猜測她的想法，毅擔心那是習慣於不再期待、心如止水的人的抗拒心態，往往出現在失去重要的親人之後。不，他再深思，然後告訴自己要有信心。愛能教人信服，而且長長久久。

毅入睡前，心裡還琢磨著第二天早晨是不是該展現自信，或許應該伸手握住她纖細的指頭，把自己因爲能夠再次跟她一起吃早餐的快樂傳遞給她。如果每一天都這樣該有多好。

12
毅向佑伊告白
的場景細節安排

背景是電視上出現王家衛導演《花樣年華》（二〇〇〇年）的片尾工作人員名單，那是佑伊最喜歡的三部電影之一。毅在螢幕上出現「攝影」的時候，開口說第一句話。

毅穿著優衣庫的柔軟牛仔褲，搭配印有《星際大戰》天行者圖案的黑色 T 恤。佑伊穿著印有懶懶熊大頭圖案的吊帶褲，那是咲花送給她的生日禮物。
兩個人都打赤腳。

※ 佑伊的生日是在六月二十三日。
※※《星際大戰》是毅最喜歡的系列電影。
※※※ 毅的 T 恤不是別人送的，是他自己買的。

13

許多個小時後，史雄也到了醫院。他是那個隨身攜帶《聖經》的年輕人，在醫院裡認出他們後主動上前。他已經有好一段時間沒去鯨山花園，毅和佑伊都想過，會不會是跟鈴木先生聊天的時候說了什麼不該說的，因此讓史雄疏遠了他們。雖然鈴木先生向他們保證沒事，卻無法說服他們。他們兩個都瞭解畏懼被別人同情的心情，那種感覺很壓抑，比直接面對不愉快的感覺還糟。

其實那幾個月，史雄看到自己的父親慢慢在改變。好像有什麼事正在發生，但他也說不清。宛如凋謝。但是他父親越顯露出退讓的姿態，他就越堅持要看到事情落幕。他片刻不離守著他父親，想要親眼看見事情發生。

史雄的父親從晚上開始發燒，溫度起起落落，到白天仍然高燒不退。沒有人想到要看醫生。他父親自己也堅持不看，有時候大嚷大叫，也沒人管他。史雄沒表示異議，想看看生命如何做決定。

他父親陷入譫妄整整一個星期，最讓大家感到意外的是，他在海嘯過後長出滿頭白髮、那個發胖的身軀，居然還能喊出如此乾淨清澈的聲音，是那種能越過大海呼喚海浪滾滾匯集的高亢嗓音。

白天的時候，他把家中的窗簾當成船帆，拉門當成他那艘船的駕駛艙門。姑姑們走進昏暗的房間裡，托盤上的食物是準備給他的簡餐。但是他不要吃，如果說他以前還會沉思和進食，如今的他已日漸憔悴。「他在自殺，他得吃點東西，否則會餓死。」幾個女人晚上取回上面擺滿了食物擱置一天未動的托盤，面帶愁容低聲地說。

然後颱風來了，颯颯風聲陰森呼嘯，一個花盆砸中浴室的小窗，弄得一團亂。「亡魂回來了。」他高聲喊著，屋子裡的人都摀住耳朵，聽到這種東西總是教人害怕。

戶外所有東西都在吱嘎作響，發出刺耳的聲音，像是街頭樂團演奏變調的曲子，一邊走遠一邊留下不成調的旋律。

大門玻璃也爆裂，大家腳步匆匆忙著阻擋惡風、枝葉和泥巴，史雄的父親起身去看發生什麼事。大家習慣對他視而不見，竟然沒有人察覺他重新看見（真的看見）眼前物。

如果說上一次創世紀般的滅世洪水摧殘了他的心智，這次洪水就像是《新約聖經》對他的洗禮，不旦沒讓他死，反而讓他喚醒。

史雄的父親放聲大哭，像貓一樣蜷縮成一團後繼續抽噎。他全身都在哭，眼睛、背脊、喉嚨，上一次聽他哭是他母親過世，當時史雄還小，對他而言就像支撐家裡的主幹倒了。

「他現在還是哭，」史雄對毅和佑伊說。「沒有人能勸住他，他還一直道歉，不過他好多了，看得出來。」

佑伊躺在床上，頭上包著一圈紗布，放在床單外的兩隻手臂上都纏著繃帶。看她如此平靜放鬆，會以爲這裡不是醫院，而是自宅，站在她身旁的毅，是受邀來喝茶的客人。

「住院醫師說，還需要進一步做神經方面的檢查，但我覺得看來很樂觀。」史雄看著兩位昔日良友接著說。

他已經開心好幾個小時了，從他坐在父親床前，俯身在父親胸口聽診那一刻開始。父親努力維持同一姿勢不動，但是後來沒忍住，伸手撫摸兒子的臉頰。彷彿他們事隔多年再度重逢，喃喃低語道：「你眞厲害！」史雄連忙幫父親扣好衣服以掩飾自己的情緒，但是小小淚珠已經在他急急眨眼的瞬間落下。

「好，太好了！眞是好消息，史雄！」毅很激動。

因爲颱風的緣故，毅花了一天時間才趕來，佑伊已經醒了，說了自己的出生日期和毅的電話號碼。她問鯨山花園情況如何，慶太的回答讓她放心，只要兩天時間就能讓一切恢復原狀。

毅接到慶太電話的時候嚇死了。他至今依然無法相信這件事就這樣落幕。他心想，這一次恐怕是把所有好運都用光了吧。

¶

在慶太的車載著他父親和佑伊開到急診室小廣場前不久，颱風已經消失在海上。厚重的雲層破開第一道口，得以窺見在那後面藏著一望無際的藍天，之後不斷有光從天而降，破口一點一點變大，白晝終於來臨。

連續好幾個小時被關在家裡心浮氣躁的小孩看向窗外，看見越來越高的雲層往東方竄逃。

這個過程要持續好一會兒，溫度會驟然升高，空氣會變得很潮濕。對佑伊毫不知情的咲花，下課回家後跟爸爸說東京彷彿回到了夏天，像盂蘭盆節那時候。毅回答說他那裡也是，從窗臺外環繞到醫院的花園裡，最後的知了重新發出震耳欲聾的蟬鳴。

¶

第二天，在佑伊辦理出院返家前，慶太和他父親前來探望。關心之情溢於言表，他們仔細詢問佑伊的身體狀況。作爲第一線救援人員，他們覺得瞭解對方是權利也是職責。

慶太的妹妹直子也來了，年輕女孩表情固執、緊繃得不發一語。慶太的父親沒有做出錯誤示範，爲她的態度開口致歉也沒有敦促她說話，反而讓氣氛輕鬆不少。

沒過多久史雄也來了，判若兩人的他穿著白襯衫，走動時飄飄然彷彿生出一對翅膀。「我們來了。」史雄大聲宣布，他用了複數人稱，鈴木先生從他背後現身揭曉答案，最後面則是神情拘謹的鈴木太太。

大家齊聲表示意外和掛念：

「鈴木先生！」

「鈴木先生，你好嗎？」

「你不是應該在靜養？」

他很好，好得不得了，只是小毛病，不嚴重。原本他們也擔心問題棘手，但是各種檢查讓所有疑慮一掃而空。「就是虛驚一場，眞的。」鈴木先生向大家保證。

陪在先生身旁的鈴木太太一直跟佑伊和其他人道歉，說讓大家擔心了。她有點激動，說之前在網站上發布的公告寫得太匆忙，應該多想想，考慮周全。她對處理這種事沒經驗，做錯了。

她難以平撫情緒，再三道歉。鈴木先生用力摟了一下她的肩膀，但她依然不斷鞠躬，口中說著「抱歉」和「請大家原諒」。

不需要道歉，眞的。毅打斷她的話，佑伊是眞心喜愛鯨山花園，不管什麼情況她應該都會跑一趟。

「就是這樣，是我大意了，跟你沒有關係，我說眞的。」佑伊走到鈴木太太身邊。

「光是想到鯨山花園、風之電話亭和這些年你們爲我們大家建立的所有一切有可能受損，我就亂了方寸。對不起大家！」佑伊說完，就對著毫無準備的觀眾深深一鞠躬。

最後她說，她原本對未來再無任何期待，而如今她重新擁有了未來。那就是鯨山花園的魔法。

大家都為這番話感動不已，表示認同。除了慶太的妹妹。她沒辦法完全理解那個奇怪的氛圍，尷尬地看著已經回復寧靜的窗外。

「他也是，」慶太的父親看著兒子說。「他原本也無心規劃未來，我就跟他說奇怪了，在你這個年齡，整個人生都是你的未來。」少年點點頭，但隨即意識到還是換個話題比較好。

「我們每一個人，都以不同方式愛護鯨山花園。」史雄說。「在過去這四十八小時裡有上百個去過鯨山花園的人寫 email 來，都很擔心颱風造成的災情。光回信就得花上好幾天時間。」

再度出現的「我們」，這一回指的是在病房裡的每一個人。因為人多，病房空間彷彿都變小了。

經過病房外的人都對那一小群訪客投注好奇的目光。沒過多久一名護理師也出現向即將出院的佑伊道別，同時客氣地請大家離開。

「我們人眞的太多了。」鈴木先生開玩笑說。「如果沒有人打算在這裡開香檳辦派對的話，那就走吧。」

14
佑伊和毅在車上對慶太的妹妹簡短交換意見

「我覺得她很文靜。」

「應該是很尷尬吧。」

「你不覺得她個性文靜？」

「很難說她是不是個性文靜。那個年齡的孩子不容易懂，除非你是他們其中的一員。」

「我覺得所有青少年都在體現一種超現實原則……」

「哪一種？」

「等等，讓我想一下。大概類似『只有駭人聽聞才是美』吧。」

「很極端？」

「對，不是黑就是白，不是極美就是極醜。那個年齡就是這樣，沒有中庸之道。」

「你青少年時期是怎樣？」

「跟大家一樣，很極端。」

「不知道咲花到了那個年齡會怎樣……」

「跟大家一樣，很極端。」

15

史雄陪著他們走到出口，看著來來去去的病患、護理人員和擔架；看著毅右手拎著佑伊的皮包，左手緊握著她的手；看著慶太的妹妹直子指著天邊緩緩飄過的幾朵雲；他向鈴木先生和太太揮手，在自動門開開關關之間放下手來。

「你朋友？」常跟史雄一起吃午餐的一名護理師從他身後經過。

「對，跟我有許多相通之處的朋友。」

「眞好。」她沒有多做評論。「你忙完了嗎？陪我去員工餐廳吃飯？」

史雄點點頭，走在護理師身旁的他把〈約伯記〉從口袋裡拿出來。

醫院裡大家都知道他對《聖經》的執著。這位護理師剛開始先是表示不解（「你是基督徒？不是？那你爲什麼要讀《聖經》？」），之後就建議他買一本新的，那種分成多冊的新版《聖經》，方便他隨身攜帶。所以等史雄讀完整本《聖經》後，他現在都隨機選一小冊閱讀，彷彿等待天啓。

「你的《聖經》今天透露了什麼訊息？」她走進餐廳大門的時候，很冷靜地問他。「有跟我有關的啓示嗎？」

她不是譏笑，是眞心發問。她也認爲一個人聽到或讀到什麼文字（不一定是《聖經》，任何文字都可以）是出於偶然，但肯定另有深意。

她坦白說，自己熱愛閱讀所有剛好在手邊的星座運勢，雖然她並不信星座，但是預言和《聖經》這兩件事，在她看來並沒有太大差別。

「所以，你看到什麼有趣的嗎？」

「我們來看看。」史雄若有所思。年輕的護理師把自己的小皮包放在長桌一角。

「有了！」史雄驚呼一聲。「你聽。」

他讀道：「我暗暗地得了默示；我耳朵也聽其細微的聲音。」

「哦，很美。」護理師說。「不過，對我來說恐怕太深奧了。」

在穿著淡粉色制服的她走回餐廳入口研究菜單的同時，史雄第一次發現「風」這個字在《聖經》裡很重要。風，是深淵；風，將蝗蟲帶往埃及，也是風吹過紅海，將海水分開。他記得在〈列王紀〉上當中，以利亞見到耶和華，他在何烈山等待，然後烈風大作……

「你選好了嗎？」護理師看著史雄入神的臉。「難以決定的時候就點咖哩吧，不容易出錯。」她慎重其事地提供建議。

她說完，就端著托盤、筷子和兩小盤沙拉快步走向咖哩區。

史雄在醫院餐廳裡動也不動，體會屬於他的天啓：沒錯，是風之電話亭喚醒了他的父親，回到他身邊。所有他因爲父親而起的嘆息，所有那些年裡他在吐息間希望父親返回現實的召喚，因耶和華的導引都保存了起來。

對每一個走過大槌町幽暗山谷、登上鯨山的人而言，肯定是這樣的。對每一個爬上風不止息的鯨山花園裡的人而言，也是這樣。

出於信任，他們拿起電話聽筒，將指尖插入撥號轉盤小小的十個洞孔裡，雖然面對一片寂靜，他們依然開口說話。關鍵在於信任。

「史雄，來！咖哩冷掉就不好吃了！」護理師將托盤放到他面前。「來，選一個！快點！我的午休時間要結束了。」

「好，對不起。我也要咖哩。」他抽出員工證和預付卡。

風，是耶和華的氣息，他把熱騰騰的餐點放到自己面前的時候這麼想。

「湯匙給你，你每次都忘記。」

「真的。」

開動！

開動！

兩個人埋頭用餐的時候，史雄又想，不對，風不是耶和華的氣息。

風，**就是**耶和華。

16
如果護理師朋友沒有打斷史雄他會讀給她聽的〈列王紀〉段落

在耶和華面前有烈風大作，崩山碎石，耶和華卻不在風中；風後地震，耶和華卻不在其中；地震後有火，耶和華也不在火中；火後有微小的聲音。以利亞聽見，就用外衣蒙上臉，出來站在洞口。

有聲音向他說：「以利亞啊，你在這裡做什麼？」

——〈列王紀〉（19,11-13）

17

簡而言之，東京的日子恢復如常。

毅從慌亂中緩過神來，試著把簡而言之簡化爲一件事：等他們結婚後，全家住在一個屋簷下。他、佑伊和咲花。

他沒有再問過佑伊，不是因爲缺乏勇氣或意志不堅，而是因爲在他們經歷了所有那些事情之後，他認爲答案不言而喻。一切水到渠成。

一個星期天下午，毅跟佑伊說五月是結婚的好季節，她嚇了一跳，但她掩飾得很好，就連他問她想邀請多少賓客，喜歡日式或西式婚禮的時候，都沒有露出異狀。

佑伊含糊其辭，只說去市政府登記，然後辦一個小小的派對，對她而言就夠了。成爲大家注目的焦點，她會覺得不自在。她在思索爲何這件事不是從頭談起，而是從中間展開的時候，覺得問題應該出在被忘記的前事。她告訴自己，毅之前大概已經問過她了，而她，可以想見，在那一刻心不在焉，肯定說了「好」。

這一點她很篤定，是好沒錯。於是乎突然間事情快馬加鞭進行，而她跟得有點辛苦。

咲花在他們談到一半的時候走進客廳，從隻字片語中明白那是一件大事。小女孩衝過去抱住她，這個反應比起毅在廚房翻開月曆用紅筆在五月第一個星期畫圈，更讓佑伊覺得驚慌。

在那一刻她的感覺是，與其說開心，不如說是不知所措。是一種她也說不清的害怕。

¶

毅一大早就打電話給她，想聽到她的聲音，確認晚上的安排。電影是不是看動畫，晚餐是不是做什錦燒。倒麵粉，一杓杓麵漿，讓人吃了還想再吃的煎餅，是咲花的最愛。

其實吃什麼不重要，他覺得佑伊這幾天難以捉摸，某種程度脫離了他的掌控，談話時反應總是慢半拍（不管他們談什麼），這些都讓他擔憂。

兩天前，他們要去銀座訂製婚戒，上地鐵的時候毅伸手扶她的肩膀，明顯感覺到她的退縮。那天晚上她說自己頭痛，還沒給咲花說床前故事就先走了。第二天也是如此。

他意識到事情不對勁，但不管發生了什麼事，佑伊顯然沒打算跟他談。

毅把佑伊突然變得扭捏歸因於，即便是好事，也需要時間。無論是多一事或少一事，身體都需要時間適應。結婚日子越來越近，要搬家，得把過去的人生打包，同時開箱。

佑伊曾經跟他說過，哀傷就像是某個每天吃的東西，把麵包分成小塊然後冷靜地吃下肚。今天吃麵包的耳朵或剩下的一點米飯，明天吃切開的檸檬果肉。消化速度緩慢。

毅心想，快樂不應該有太大的不同。

電話打過去的時候佑伊已經在廣播電臺錄音間裡了。前一天晚上播節目的時候，她已經聽到耳機裡有刺耳的雜音，但是時間已晚，大家決定先回家。不過現在必須找出原因，把不同的接頭拔掉再插上，調整音量，以確認那個討人厭的噪音從何而來。

技師俯身檢查滿是拉桿、調音鍵、指示燈和按鈕的主控臺，看起來像是照出了問題所在。「這條線耗損過度，該換了。我們再試試看。」

佑伊點點頭，又進了錄音間。這已經是第七次了，她開始覺得疲憊。

「好了嗎？試著講話看看。」

「測試、測試、測試。」

「現在如何？」

「雜音沒有了！」她鬆了一口氣。「好不容易……應該是解決了。」

回到主控室的時候手機再次振動。

「你要接電話就接吧，我下去跟會計說一聲。」技師瞄了一眼主控臺上一閃一閃的指示燈。「等下回來。」佑伊本來要開口說什麼，但是技師已經拿著一份文件夾快步離開。

由於佑伊要求低調，所以準備了：辦一場結婚派對、在市政府結婚證書上寫下兩個人的名字、買兩張摺疊椅以想像兩人永遠相依偎，訂下專供包場的義大利餐廳吃自助餐。

或許毅還需要知道她是否問過同事有沒有人有食物過敏問題，咲花的衣服準備好沒有，跟老家鎮公所申請的文件到了沒。她有沒有因爲什麼事而難過，爲什麼難過。

但是對佑伊而言，所有這些問題其實是同一個問題，遮遮掩掩、鍥而不捨地反覆詢問：「佑伊你準備好了嗎？你眞的準備好了？」

手機鈴聲響了最後一次後掛斷。接著通知收到一封簡訊，然後重歸安靜。

她打開簡訊：「我們七點等你。咲花說她還想吃什錦燒。你說呢？晚點見！」

她再看一遍：「佑伊你準備好了嗎？你眞的準備好了？」

¶

超過三天了，往往在出乎意料的時間點，佑伊會看到眼前出現一個畫面，一個小女孩長大了，那應該是咲花以後的樣子。

頭髮更多更長，綁成一把帥氣的馬尾。她看著咲花進門，不跟人打招呼，把沉重的書包丟在玄關，整個家都會聽到碰的一聲。咲花身上穿著中學制服，雙腿固然不比現在細，但差別不算很大。當然比現在結實許多，可能因爲她打網球，或曲棍球。

「今天學校還好嗎？」佑伊問她。

咲花冷冷地回答說：「我很累，不吃晚飯了。」

砰，她摔上房間的門，這一天結束。

換一個畫面。

雖然看不見自己，但是佑伊知道那是更老一點的佑伊。她跟咲花兩個人在廚房，她在看晚餐的食譜（還是週末的廣播節目企劃？），咲花撇著嘴，對著本來就不是他們家人的佑伊冷嘲熱諷。她說錯了什麼？責罵咲花了？還是拒絕了咲花想要的某個東西？

或許她不該承受咲花的怒氣，但問題出在她們的角色。大概自古以來皆如此。

然後背景又換了。幕再度拉開。

現在她們所在的地方不是玄關，也不是廚房。她正在滔滔不絕地嘮叨功課跟讀書的事，交男朋友要小心，一旦做錯後果會跟著你一輩子，要聽話不要忘記，咲花，你的裙子捲得太短了（所有女生都這麼做，咲花自然也不例外），這個口紅塗太紅了，俗氣，不適合你的年齡。

最後，站在咲花房門口的她看著咲花往外走連忙追上去：「咲花，你要出去？跟誰出去？」

「佑伊，關你什麼事？」

「我是你母親……」

「你不是我母親，我不欠你。」

事實上：一，就算今天不是佑伊，而是明子，結果也不會有什麼不同；二，佑伊絕對不可能那樣跟咲花說話。光想到自己有可能再度失去咲花，就讓她心慌。

這些天，她想像著青春期的咲花跟他們對峙，除了毅之外，主要針對她，在那些不受控的場景中，他們看著咲花在戰場上奮力向前，因爲她想長大。大家都很累，爲人父母和子女皆然，可想而知對佑伊來說更是沉重。

她想起之前懷著寶寶的時候，就問過自己要如何面對青春期的女兒。她怕死了那個人生階段，記得懷孕十二週的時候就問過幫自己做產檢的婦產科醫生這件事。那位女醫師看著螢幕上的小生命，以及佑伊忐忑不安的臉，不禁哈哈大笑。

這時候技師返回主控室：「佑伊小姐，你臉色很差，你還好嗎？」

或許她搞錯了，眞正應該擔心的是另一件事。正好完全相反的事：咲花太過內向聽話，沒有履行她與青春期的約定。或是更糟，她錯過了整個青春期。咲花會不會因爲佑伊不是自己的媽媽而自我壓抑？如果她壓抑了那個年齡應該要有的所有叛逆和怨天尤人呢？

這樣也很不好，而且她難辭其咎，因爲她畢竟不是咲花的家人。

「那個，我們要不要再測試一次？」佑伊突然開口問技師。「昨天播節目的時候，那個雜音讓我神經緊張。」

¶

之後那個星期，那些畫面無時無刻出現在她腦海中。當她買了生菜和葡萄站在櫃檯前付款的時候，當她在火車站排隊等上廁所的時候，當她在廣播電臺大門入口門禁刷卡的時候。恐怕做不到好好愛咲花，特別是在那些重要的關鍵時刻，這個念頭持續糾纏、困擾著她。

一天早晨，她站在鏡子前面，看著自己的臉。原來，原來是這個。問題不在於結婚，不在於搬家。問題在當咲花的媽媽。

她記得自己當初花了至少三個月的時間才覺得自己愛寶寶。女兒是她生的，而且她有九個月的時間慢慢習慣。但是如果面對的孩子不是她的，而且還在人生無法避免的横衝直撞期呢。

她在夠不夠愛咲花的焦慮中反覆思索，意識到自己屬於一個更根本的問題。她有沒有能力愛咲花？她有辦法做到某種程度的無所顧忌嗎？她可以對著咲花大吼嗎？對咲花說：「你給我閉嘴！」

18
在那二十三天裡
佑伊想過最糟的兩件事

愛存在，但是無濟於事。更別說，期望愛能救人。愛不能修復花園，也不能讓一個家恢復秩序。愛這個東西，用處不大。

重新想起她女兒的那些快樂時光，她第一個反應是後悔曾經那麼開心。或許，應該後悔還不夠開心。

19

婚禮在兩個月後。

離三月十一日越來越近。這個紀念日不再讓人傷痛欲絕，只有用指甲摳掉傷口結的痂，才會明白傷口是否已經癒合。

佑伊往東京車站走去，看著手機螢幕上毅和咲花的電話號碼。

她心裡想，他們想跟我說話，但我無話可說。其實總會有一、兩件事情可說，但我無意分享。

這幾個星期她來去匆匆，她正在籌畫一個新節目，她是主持人兼製作人，她說。等她忙完，等前兩、三集節目播出，一切就會恢復正常。

她撞到一名女子，連忙低聲道歉，心不在焉讓她失禮了。她沒有抬頭看著對方的眼睛，加快腳步離開。當中央本線列車打開車門時，她排在右側的隊伍，人群蜂湧而出，新的人群蜂擁而入。佑伊也上了車。

「下一站即將抵達神田站。神田站。請由右側車門下車。」」預錄的聲音開始廣播。整齊劃一的語調，整齊劃一的內容。先是日文，然後英文。

佑伊從車廂這一側換到另一側，以免阻礙上下車的乘客。

火車一陣晃動，準備進站，放慢了速度。佑伊再一次思考等她成爲毅的妻子後，也就成爲咲花的母親。只有她。

再沒有其他人有權利擔起那個名。你確定那個名屬於你？

佑伊情緒起伏不定，更多的是憂愁，彷彿她天生如此，猶豫不決是她的本性。她能勝任咲花這般敏感小孩的母親嗎？咲花會不會被自己陰沉憂鬱的一面影響？

手機螢幕上，先是一個小熊貼圖，然後才是簡訊。小熊嘴巴是倒過來的D，敞開的懷抱中捧著一個甕：「你來跟我們吃晚飯嗎？」咲花問她。

咲花喜歡Line的貼圖，特別是小熊系列。這個圖肯定是她選的。咲花說過，等她長大以後要當貼圖設計師。有這種職業？

「下一站即將抵達御茶之水站。御茶之水站。請由右側車門下車。」

她不該因爲這些事而退縮。佑伊下車的時候很篤定，事情很快就能得到解決。

佑伊爭取到兩個星期的時間。不明所以的毅表示同意。

咲花沒想到佑伊正度過危機時刻，而且這個危機與她有關。或者應該說與未來的她有關，而且，還不知道那個未來會不會發生。

理論上，佑伊應該要返鄉領取出生證明影本。實際上那份影本幾天前已經郵寄過來，躺在一份文件夾裡，跟其他亂七八糟的紙張一起堆在廚房裡。

當她不知道該怎麼辦的時候，通常什麼都不做。但是這一次，她知道時間寶貴，而且時間跟化學溶劑一樣，如果劑量有誤，有可能造成無法挽回的損失，所以她毫不遲疑。

不讓自己有改變主意的機會，她拿起電話撥了出去。

「鈴木先生，我可以來看你嗎？」她在簡短的客套話結束後這麼說。

「佑伊小姐，我家永遠歡迎你。」鯨山花園的主人從她的語調中猜出有事情不對勁。

「我可能會停留一天或兩天。」

「你想待多久都可以。」

這一次佑伊沒有開車，她搭火車前往。她想讓自己雙手保持淨空，而且如果有需要的話，可以閉上眼睛睡一覺。

坐上新幹線之前，她照舊去便利超商買了飯糰和巧克力，正好看到有一名女子要影印。她回想起她女兒對 Lawson 或全家超商的影印機很著迷。有一次小女孩在等紙張列印的時候，發現爲了讓使用者打發時間，機臺螢幕上備有幾個跟注意力集中相關的小遊戲：要在幾乎一模一樣的圖案間找出不同之處。簡而言之，除了〇〇以外全部都一樣呢？

舉個例子，有兩隻兔子對著一籃紅蘿蔔大快朵頤，一隻兔子的藍白條紋袖子對另一隻兔子的綠白條紋袖子。

籃子右側的一個紅色蝴蝶結對左側的藍色蝴蝶結。

晴朗無雲的天空對有幾朵雲飄過的天空；四根紅蘿蔔對五根紅蘿蔔。

有三顆扣子的上衣對一模一樣但是多了一顆扣子的上衣。

在去鯨山花園的路上，她戴著耳機聽 Bossa Nova，腿上有一份沒有攤開的報紙，心裡想著女兒跟咲花的五個不同之處。

這幾個月來她一直避免做比較，或許因爲這幾天她在自己身上撕開了好幾道裂縫，索性正大光明地想清楚。小女孩總有相異和相似之處。或許因爲有愛，便有可能欣賞每一個人不同的地方。

找出女兒跟咲花超過五個，甚或多至十餘個不同之處，非但沒有讓佑伊焦慮，反而讓她感到安心。

¶

佑伊沒有跟任何人說她去哪裡，大家也都很有默契沒有追問。對咲花的說法是她回老家拿某些重要文件，而那個地方手機收不到訊號。咲花信以爲眞，說服她的不是這個說法，而是爸爸的迫切神情。

整整三天與世隔絕、沒有跟任何人連絡的佑伊返回東京後看起來好了許多。她不會跟任何人說她到底去了哪裡，包括毅，即便是婚後。

事情眞相並無稀奇之處。鈴木先生在自家樓上幫佑伊準備了一個小房間，把她當成成年的女兒回娘家，而她坦然接受了長輩的關愛。睡到自然醒，只吃令人垂涎的第二道主菜，大多在聊等待著她的未來而不是把她帶去鯨山花園的過往。

她會幫些小忙作爲回報：鄰居摘蘋果的時候在下面扶樓梯、清潔屋頂排水管、給風之電話亭重新上油漆、削紅蘿蔔和馬鈴薯皮、做醬料，縫補圍裙摺邊和工作褲的破洞。

她沒有跟鈴木先生和太太說，她對於當咲花母親這件事感到多麼憂慮。但是佑伊描述了很多細節，包括：小女孩上學後長大了很多、已經交了兩個形影不離的好朋友、她擁有很多才華，重要的是要鼓勵她保持熱忱。

¶

在預定返回東京的那天，她要求獨處一個小時。天空下著雨。她把皮包留在玄關，走進電話亭。

她拿起電話聽筒。

第一次開口說話。

20
把遊戲主角不同的地方
換成咲花和佑伊的女兒

不同之處一：指甲。

咲花會咬指甲，每天放學回來，指甲邊緣就被啃得凹凸不平，彷彿峽灣。女兒則熱愛指甲油，小小年紀已經很愛漂亮，會要求佑伊在她丁點兒大的指甲上塗滿天藍色或紫色。

不同之處二：飢餓。

咲花不吃東西，跟從來沒胖過、應該算是過瘦的佑伊一樣瘦巴巴的。毅說是年紀的關係，不是體質。咲花的媽媽就胖胖的，她喜歡啃骨頭上的肉，買的衣服都偏大，因爲不難預見她會需要更大的尺碼，從 L 慢慢往 XL 移動。或許咲花會像媽媽，誰知道呢。要等她開始發育，大概十歲左右吧。

佑伊的女兒食慾好得不得了，她也很瘦，不過她的瘦確實是因爲體質。「我好餓，」她不停抱怨。「我餓扁扁了。」從她會走路開始（十二個月？還是十三個月的時候？），一吃完早餐或晚餐，她就會邁開腿走到冰箱前面，用小手拉開門，急切地指著空出來的地方點名：「餅乾！優格！紅蘿蔔！」

不同之處三：聲音和唱歌。

咲花不唱歌，但是她聽音樂的時候一臉看起來很陶醉。「她如果開口唱歌，」佑伊心想，「應該很好聽。」

佑伊的女兒則像是糾纏在一起的弦，每一根弦彈的都是另一根弦的調。她會說的話不多，卻會自己編歌詞，湊成沒有意義的句子，還洋洋得意覺得自己成立了了不起的樂隊。「媽媽你聽。」然後她就開始唱歌，響亮的歌聲搭配亂七八糟的歌詞。笑得好開心。

不同之處四：分類和遊戲。

佑伊的女兒用顏色分類。某些樂高、故事書和玩偶之所以會擺在一起，只是因爲它們都是白色、紫色或藍色。咲花則是看用途。她的東西就這麼放著，看起來沒有分類，實際上，只有她自己知道。

不同之處五：肢體語言。

佑伊的女兒是個不折不扣的野丫頭。
咲花則是佑伊所見過最文靜的小女生。

21

佑伊跟毅常常好奇事情的後續將會如何發展，故事會有怎樣的結局。他們常常竊竊私語，壓低了聲音說話，窸窸窣窣，直到天黑，直到有人伸手關掉床頭櫃上的燈。回顧那些走進風之電話亭拿起聽筒的人，不分老幼的樣貌、夏天的裝扮、綁的辮子、厚重的大衣跟其他種種的細節。

佑伊心軟了，記得特別清楚的是她看到那些小孩急著伸手去拿電話，像趨光的植物莖幹。

他們一一說起那些喪偶後大受打擊的男男女女，有些人後來再婚，跟毅一樣。也有些人被戀人留下後走不出來。而痀僂著身體的老人則不放棄尋找因爲各種原因離世的子女，或不如他們那般長壽的兄弟姊妹。

那些故事還沒有結局，佑伊和毅爲那些人編織了美好的未來，堅信人生會以某種方式給予補償。祝福那些人越來越好，是他們唯一所能做的。

但是有些人，他們永遠放不下。例如慶太。自從這個年輕人搬來東京在東京大學讀書，偶爾會去他們家吃晚飯，因爲佑伊和毅越來越少有機會去鯨山花園，他會跟他們相聚，短暫作伴之後再去陪妹妹和父親，然後去風之電話亭跟媽媽說他的成功事蹟。

但是沒有人知道在颱風天失去兒子的那位父親的消息，毅覺得很遺憾。再三回味那個男人坐在鈴木先生家小客廳裡做的漫長自剖，他認爲應該是因爲那個人言語中的誠摯情感，那天晚上開車返回東京途中，他和佑伊之間才有了他記憶中兩人最深刻的一次談話。

兩年後某一天，佑伊上氣不接下氣趕往銀座一家咖啡館做訪問的時候，找到了那位父親留下的記號。有一家微型獨立書店每個月只在書架上擺出一本書，她看到那本書封面上的燙金書名：《不死的年華》。

雖然佑伊遲到了又慌張，書名還是吸引了她的目光。她停下腳步，確認那本書的確是她和毅多年前在鯨山花園遇到的那個人所寫，便買了下來。

那天晚上，佑伊和丈夫一起翻開書，雖然已經知道他們父子間的祕密聯絡方式，生者世界與死者世界一來一往的呼喚與對話。

「你聽這一段。」毅說。

看到極為簡短的開頭題詞（「給健吾。爸爸」），兩個人都很感動。不再有抱怨，不再罵對方笨蛋。他們好奇的是，推遲到夢中進行的對話，不知道是否還繼續著。

他們打電話給鈴木先生告訴他這件事，他鬆了一口氣。鈴木先生已經好幾年沒看到那個男人出現在鯨山花園，顯然找到了跟兒子說話的方法。那本來也是他給大家的祝福，希望他們能夠各自在不同的地方找到一個位置，可以舔拭傷痛，療癒每個人自己的人生。

22
佑伊那天經過的東京書店地址

森岡書店

東京中央區銀座 1-28-15
鈴木大樓一樓

後記

現在佑伊在廣播電臺有兩個白天的節目。她不再上晚班，因爲她喜歡跟家人共進晚餐，一邊跟毅和咲花聊聊白天發生的事。結婚後，毅的母親也常常加入他們。

佑伊對於自己每次進門，前來迎接她的婆婆連珠炮式的發問感到不勝其擾，她跟明子一樣，都覺得婆婆過於喋喋不休。其實佑伊並不以此爲苦，反而心存感激，因爲一直以來，她在錄音間以外的地方並不善於言詞。她喜歡安安靜靜的，坐在角落裡，看著屋子中央一派溫馨和樂，看著咲花、毅和她自己日復一日在客廳、廚房或臥房，過著生活家常。

當她在她愛的人臉上看到隱忍和疲態，她反而更樂於給予撫慰。佑伊偏愛疲憊沮喪的臉，但是聽到她這麼說的人，不是不相信，就是覺得她刻意恭維。感覺起來她的意思是：「你看起來很累，但是這樣並不難看。」還有人聽了很不高興。但是佑伊是眞心的，疲憊的臉對她而言更有吸引力。有時候她甚至懷疑，是不是因爲凌晨四點約在澀谷見，毅一臉睡眼惺忪，她才會愛上他。

她的第二個寶寶，在佑伊第一天去鯨山花園時連想都沒有想過，有一天會在她肚子裡孕育的新生命，要等到長大以後才會發現自己的母親是一個脆弱的人。其實他見過佑伊對身邊的人赤裸裸毫不遮掩自身脆弱的樣子，完全符合字典詞條的釋義。

那時候她靈魂碎裂，在山上小學體育館度過的那一個月，眼前就是大海。不是任何一片海，而是曾經前進淹沒陸地再後退的那片海。

佑伊心裡清楚自己的脆弱，在望不到盡頭的時間縫隙裡，從二〇一一年三月起，直到她遇見毅，直到最後她終於拿起風之電話亭的聽筒，跟她母親和女兒說話。

關於自己的脆弱，佑伊不想談。但是她最後接受了它，以那樣的姿態重新出發，開始照顧自己。**脆弱是一個人最真實的部分，只有脆弱才能讓人與人靠近，參與對方的生活。**

如果現在問她，她的答案會更篤定。**生活在時間中被消磨，會生出無以數計的裂痕，那就是脆弱。但正是這些裂痕決定了每一個人的故事，讓人決心往前走，看看再往前面一點會發生什麼事。**

佑伊有一天會哭泣，而那一天是喪禮，也是洗禮。

他們在橫濱車站下車，帶咲花和他們一歲的小兒子去麵包超人兒童博物館，小男孩背後背著新幹線火車系列綠色配粉紅色的兒童背包，那是日本東北地區新幹線列車的代表色。小傢伙試著掙脫爸爸緊緊抱著他的手，好奔去搭他最喜歡的下行手扶梯，但他畏懼上行手扶梯。

對向列車進站，坐在長椅上的乘客一股腦站起身來讓小男孩受到衝擊，他大喊一聲「媽媽！」，他喊得分外地清晰，大家都吃了一驚。

那一天，毫無預警地，她再次聽到那個稱謂。

沒錯，佑伊和毅的兒子第一次叫她媽媽。

佑伊停下腳步，一隻手提著裝了茶的迷你保溫壺，另一手牽著咲花。

「什麼?他說了什麼?」她問她丈夫，用第三人稱說自己的兒子，這時候一群中國觀光客湧向他們。

「他說媽媽。」

這是最不足爲奇的驚喜，也是最美好的驚喜。

在火車站一片混亂中，訓練有素的聲音反覆廣播各班列車的方向、抵達時間、停留時間和離站時間，他們一家全都站在原地不動，因爲那一刻太重要。

毅用幾近特技表演的姿勢抱著兒子，用另一隻手摟住佑伊。或許是受到感染，她母親以前說過，咲花藉由那個詞找到力量，也開口叫了媽媽，「媽媽」，而且因爲激動重複說了好幾次。那彷彿是一個魔法，讓大人開心，讓小孩歡欣。

咲花叫了好多年「佑伊」或「佑伊小姐」，現在叫了「媽媽」，從這時候起，這三個叫法輪流出現，動機不明。

快樂就是這麼來的。因爲一個重新出現的詞，讓人想起從前，也讓以後有了安穩依靠。彷彿有風在原地拔起，就在那裡，在滑行進入橫濱火車站後，再度快速出發的兩列火車之間，先奔往一個方向，再衝向相反方向。

只要用正確的名呼喚，一切便能回歸原狀。

同一個詞有可能同時承載截然不同的情感嗎？有可能說一個詞的時候只表達某個情感，而不夾雜其他情感在內嗎？

不可能，恐怕不可能，就像讓咲花吃巧克力完全不弄髒自己，或小兒子沒有經歷任何跌跌撞撞留下淤痕就學會走路一樣不可能。

要讓那個詞變得很強大，變成一個會被反覆叫喚的名，甚至一小時叫三十次。

佑伊明白不快樂上面留有喜悅的指印。我們心裡面始終留著教會我們如何愛、懂得快樂和不快樂的人按壓的指紋印記。少數那幾個人告訴我們如何區辨情感、如何區辨那讓我們痛苦，也讓我們與眾不同的混亂。獨特，而且與眾不同。

那天晚上，以及接下來的歲月裡，毅也這麼說：

「時間越久，我越相信，我們所有人都停留在說那第一個字的時候。」

佑伊在風之電話亭開口說的前三句話：

喂？

我是佑伊。

媽媽，我是佑伊。

佑伊在風之電話亭接著說的話：

喂？

幸子？

我在這裡，我是媽媽。

參考書籍

- 大衛・芬基諾斯（David Foenkinos）著，《精巧細緻》（La délicatesse），加利瑪出版社（Gallimard），巴黎，二〇〇九年。
- 佐佐木格著，《風之電話亭：三一一大地震六年後，透過風之電話亭所看見的》（風の電話：大震災から六年，風の電話を通して見えること），風間書房，東京，二〇一七年。
- 佐佐木格、矢永由里子，合著，《「風之電話亭」與傷痛輔導：貼近心靈的關懷》（「風の電話」とグリーフケア：こころに寄り添うケアについて），風間書房，東京，二〇一八年。
- 《聖經》，艾迪米亞出版社（Edimedia），翡冷翠，二〇一五年（義大利主教團翻譯）。

重要說明

「風之電話亭」不是觀光景點。

請不要在地圖上尋找它。請不要去鯨山，除非你們也想拿起那臺笨重電話的聽筒，跟你們失去的人說話。

請不要帶相機，不要拿出手機，但是記得要帶著你們的心。當你們走在通往電話亭的小徑上，要摸著它，安撫它，之後心就會打開。

在這個世上有些地方能夠繼續存在是很重要的，跟我們和我們的感受無關。就像亞馬遜雨林、西西里島上的希臘遺址塞利農特古城（Selinunte），或是復活島上的那些石像。不管我們是否有一天會去造訪，或是永遠不會去。「風之電話亭」就是這樣一個地方。

我自己也遲遲未能成行。這些年來我給自己找的理由，包括：忙於工作、距離東京太遠、前往二〇一一年海嘯災區困難重重；還有懷孕、哺乳、孩子太小。事實上，我是擔心我會竊據或妨礙那些比我更需要使用電話的人，我會佔用了他們的時間。

然而，在寫這本書的時候，我意識到「訴說希望」的重要性，就像文學可以啓發我們找到新的生存方式，將這裡和那裡的世界連接起來。

對我而言，**風之電話亭主要是一個隱喻，提醒我們要珍惜歡樂，一如珍惜苦痛。即便人生迫使我們面對失去，我們依然可以在人生提供的諸多選項中打開自己。**

佐佐木格先生跟妻子獨力經營打理鯨山花園。若有意願支持這個美好的地方，可以到爲風之電話亭成立的慈善基金會官網 http://bell-gardia.jp/about_en 查詢經費運作詳情，以及捐款說明。該基金會每年皆舉辦多場活動，以造福當地鄉里和居民。

致謝

能夠完成這本書，要感謝風之電話亭這個美好的地方，以及設立風之電話亭的佐佐木格先生慷慨與所有當時和至今覺得有需要的人分享。小說中花園守護者角色的靈感來源是他，鯨山花園的設計布置也是出自我個人構思。但我猜想，那個地方就其內在精神而言，應該跟任何造訪現場的人心中設想相去不遠。

我選擇保留花園名稱未做更動，以表達我對佐佐木夫妻無私的付出和偉大胸襟的敬意，同時也祝願鯨山花園能跟世界上其他具有撫慰修復能力的地方一樣，刻入人類共同記憶中。

鯨山花園被這些年造訪過的人塑造成一個神奇的地方，充滿靈性。這個地方的傳說絕對是所有經歷過哀悼之痛的個人和家庭集體形塑出來的產物。在此，我也要對他們表達感激之意。

這本小說最終決定採取這樣的形式，要十二萬分感謝我兩位摯友，克莉絲緹娜·

巴內拉（Cristina Banella）和勞烏拉・薩馬提諾（Laura Sammartino）。書名同樣要感謝勞烏拉！此外，我要感謝始終陪伴我，自始至終都相信我的瑪麗亞・克莉絲緹娜・桂拉（Maria Cristina Guerra），以及對我信心滿滿每次都讓我感動的法蘭綺思卡・朗格（Francesca Lang）。特別感謝勞烏拉・布翁諾克雷（Laura Buonocore），她瞭解所有情節安排的深意。謝謝「Radio DeeJay」主持人皮娜（La Pina）對故事的喜愛。也衷心感謝迪耶哥。

我的感謝名單中，家人從不缺席。這一次全員到齊，一個都不少。我要特別向馬利歐和朱莉亞致意。謝謝法蘭卡的美好回憶。當愛如此飽滿，必然永存。

若不是有我親愛的公公和婆婆洋子及今井庸介，我永遠找不到時間寫完這本小說。對你們，我心中有無限感恩。

謝謝池上佐久來、松原亞知實和府川京子，讓我得以在公共空間享有個人私密氛圍，用無法數計的時間寫出這本小說。基於相同理由，也由衷感謝川瀨玲子、三浦雪、齊藤桃子和島元輝實。另外要特別感謝笹川菜乃香提供他家鄉遭受二〇一一年海嘯重創的珍貴史料。

很難得有機會感謝將書努力推廣至外國的那些人。《風之電話亭》在正式出版數個月前就已經受到矚目，我要誠摯表達我對路易莎·羅維塔（Luisa Rovetta）及格朗蒂出版社（Grandi&Associati）全體優秀工作人員的謝意。謝謝克莉絲緹娜·德·斯特凡諾（Cristina De Stefano）、維多莉亞·馮·希拉赫（Viktoria von Schirach）、卡特莉娜·札卡洛尼（Caterina Zaccaroni）、托馬索·比揚洽爾蒂（Tomaso Bianciardi）等等許多人，他們帶著這本書走遍世界各地。

日本東北地區因海嘯受創後，全世界都在關注福島核災，及其政治和環境意涵。但我刻意迴避相關議題，謹以此書獻給二〇一一年三月十一日的海嘯受難者。

了不起的魔法就在眞實生活裡。

封面插畫以及設計：朱疋

勞烏拉・伊麥・梅希納

出生於羅馬。二十三歲遷居東京，在東京外語大學取得博士學位。目前在東京數間知名大學任教。二〇一四年出版第一本小說《Tokyo Orizzontale》。二〇一八年，出版《Non oso dire la gioia》及暢銷書《Wa. La via giapponese all'armonia》。她的寫作風格文雅細膩，對日本貼身觀察，是義大利文壇不容忽視的獨特聲音。

風之電話亭

二〇二一年一月六日初版第一刷

作者 勞烏拉・伊麥・梅希納
譯者 倪安宇
副總編輯 陳秀娟
發行人 林聖修
出版 啟明出版事業股份有限公司
郵遞區號 一〇六八一
台北市大安區敦化南路二段五十七號十二樓之一
電話 〇二二七〇八八三五一
總經銷 紅螞蟻圖書有限公司
法律顧問 北辰著作權事務所

特別感謝王詩怡協助日文譯名校對。
定價標示於書衣封底。

ISBN 978-986-98774-6-6

國家圖書館出版品預行編目 (CIP) 資料

風的電話亭／勞烏拉 . 伊麥 . 梅希納（Laura Imai Messina）作；
倪安宇譯。
——初版——臺北市：啓明事業股份有限公司，2021.01。
270 面；12.8 x 18.8 公分。

譯自：Quel che affidiamo al vento
ISBN 978-986-98774-8-0（平裝）

877.57 109016853

QUEL CHE AFFIDIAMO AL VENTO
By Laura Imai Messina